GARIBALDI

PARIS

GARIBALDI

PIÈCE

Représentée, pour la première fois, à Paris, sur le Théâtre des Nations,
le 11 décembre 1880.

Entre les Soussignés :

M. BORDONE, *auteur dramatique, représenté par*
M. PERAGALLO, *agent général des auteurs et compo-*
siteurs dramatiques, demeurant à Paris, 8, rue Hip-
polyte Lebas, ...
.... *d'une part.*

Et M. .... *, directeur*
du théâtre de ....
.... *d'autre part.*

A été convenu et arrêté ce qui suit :

M. BORDONE *cède à M.* ....
directeur, le droit de représenter **Garibaldi** *sur le*
théâtre de .... *et à cet*
effet il lui remet .... *exemplaire portant le*
n° ....

M. .... *s'engage à payer comme*
droit d'auteur _____ *pour cent de la recette brute*
de chaque représentation.

Le présent exemplaire ne pouvant être ni vendu ni
cédé est confié à M. ....
sous sa responsabilité personnelle, pour servir aux
représentations sur le théâtre ....
et devra faire retour à M. PERAGALLO, *après les*
représentations données par M. ....

IMPRIMERIE GÉNÉRALE DE CHATILLON-SUR-SEINE. — JEANNE ROBERT.

GARIBALDI

DRAME MILITAIRE & HISTORIQUE

EN CINQ ACTES ET SEPT TABLEAUX

PAR

M. BORDONE

PARIS

E. DENTU, ÉDITEUR

LIBRAIRE DE LA SOCIÉTÉ DES GENS DE LETTRES

PALAIS-ROYAL, 15, 17 ET 19, GALERIE D'ORLÉANS

——

1881

PRÉFACE

En faisant représenter cette pièce, j'étais assuré
de réveiller des sentiments d'hostilité chez les ennemis de la Démocratie, mais j'étais loin de m'attendre à la formidable cabale, qui, le jour de la
première de *Garibaldi*, a failli dégénérer en une
rixe, provoquée uniquement par les beaux-fils
de la réaction ; pas plus que je ne devais m'attendre, d'ailleurs, aux accidents plus qu'étranges
qui ont fait que je n'ai pas même pu assister à
la répétition générale devant la Censure : —
d'où il résulte qu'on entend et qu'on voit au
Théâtre des Nations des choses que je n'ai pas
écrites et des mouvements scéniques que je
n'ai jamais indiqués et contre lesquels je proteste.

Cette cabale qui laisse bien loin en arrière celles qu'on vit se manifester aux représentations des *Ressources de Quinola*, de *Gaëtana* et de *Rabagas*, n'a abouti, en somme, qu'à attirer l'attention sur le drame de *Garibaldi*, qui poursuit, aujourd'hui, avec succès, devant le vrai public, le cours de ses représentations ; prouvant, à l'encontre de l'opinion de certains critiques, que l'introduction de la politique au théâtre est loin d'être une mauvaise chose, quand elle y est sainement et véridiquement exposée.

Garibaldi est-il un drame, dans la véritable acception du mot ? Non. — C'est une série de tableaux historiques que j'ai tenu à présenter au public, afin qu'il fût impossible, désormais, de nier les sentiments d'amitié profonde que mon héros a professés, de tout temps, pour la Démocratie française, et dont il vient de donner la preuve la plus éclatante, à l'inauguration du monument de *Mentana*, à Milan, en empêchant pour la seconde fois, et irrévocablement, l'alliance de l'Italie avec l'Allemagne, que préparaient depuis longtemps les ennemis de la France.

C'était sans doute de l'audace, que de rompre ainsi avec la routine et les conventions, et de se soucier assez peu des procédés scéniques usuels, pour en arriver à faire lire, d'une façon répétée, les documents historiques les plus difficiles à faire accepter, et à faire parler chacun des personnages comme je les ai entendus parler, et cela, au risque d'être accusé d'incorrection et de naïveté.

Cette audace, je l'ai eue et je m'en félicite. Mon devoir était d'accepter seul cette responsabilité. Je n'ai pas cherché à faire du réalisme ; j'ai fait de la réalité.

12 décembre 1880.

BORDONE.

PERSONNAGES

GARIBALDI.

KERNOS, colonel garibaldien.

DE FLOTTE, commandant la compagnie française.

GASPARD, soldat de la compagnie française.

CORVO, chef de la police napolitaine.

COSTA, premier agent de Corvo.

VILLA, deuxième agent de Corvo.

BALILA, secrétaire de Garibaldi.

FRUSCIANTI, moine.

NULLO, émissaire de Garibaldi.

FORESTA, général napolitain.

PLUTINO, chef des insurgés siciliens.

GIOVANI QUÉROLI, jeune garibaldien.

ORSINI, commandant de l'artillerie garibaldienne.

BIXIO, commandant des carabiniers génois.

———

STOCCO, chef de l'insurrection calabraise. (1er Tableau.)

CONSUL AMÉRICAIN. (3e T.)

PEAR, patriote anglais. (1er, 3e, 4e T.)

QUEMARO, intendant des chasses de Victor-Emmanuel. (6e T.)

LE PATRE DE CAPRERA. (1er T.)

UN BRIGADIER DE LA POLICE NAPOLITAINE. (3e T.)

PREMIER OFFICIER D'ÉTAT-MAJOR NAPOLITAIN (4e T.)

UN HOMME DU PEUPLE. (1er T.)

TALARICO, brigand. (3e T.)

UN SERGENT NAPOLITAIN. (4e T.)

OFFICIER de la Compagnie De Flotte. (2e T.)

UN PALERMITAIN. (3e T.)

SOLDAT NAPOLITAIN. (3e, 4e T.)

TUCKERY, patriote hongrois. (1er T.)

SOLDAT de la Cie De Flotte (3e T.)

COMMISSIONNAIRE (7e T.)

UN DRAGON NAPOLITAIN. (3e T.)

ARNOLDO, Sicilien, père de Paola. (7e T.)

DEUXIÈME OFFICIER D'ÉTAT-MAJOR NAPOLITAIN. (3e T.)

PATRON DU CANOT du *Washington*. (7e T.)

———

MADAME QUÉROLI, mère de Giovanni.

IMPÉRIA.

PAOLA, fille d'Arnoldo, fiancée de Nullo.

LA DUCHESSE DE SAN-PRIVATO, mère d'Impéria.

MISS STRONG, reporter anglais.

PEPPINA, femme de chambre d'Impéria.

———

PAYSANNE DE CALATAFIMI. (1er Tableau.)

PREMIÈRE NAPOLITAINE. (6e T.)

PALERMITAINE. (3e T.)

DEUXIÈME NAPOLITAINE. (6e T.)

UNE NONNE. (3e T.)

TROISIÈME NAPOLITAINE. (6e T.)

CARABINIERS GÉNOIS. — PICCIOTTI. — SOLDATS DE LA COMPAGNIE DE FLOTTE. — ARTILLEURS GARIBALDIENS. — INSURGÉS SICILIENS. — CALABRAIS. — SOLDATS D'INFANTERIE NAPOLITAINE. — SOLDATS BAVAROIS. — GARDES NATIONAUX NAPOLITAINS. — MATELOTS DU VASHINGTON. — UN AGENT DE POLICE. — UNE NONNE. — HOMMES ET FEMMES DU PEUPLE. — BOURGEOIS ET BOURGEOISES. — AGENTS DE POLICE.

GARIBALDI

ACTE PREMIER

PREMIER TABLEAU

CAPRERA

La scène représente la maison du général à droite. — Un simple rez-de-chaussée, surmonté par un petit belvédère et ayant une treille sur le devant. — Devant le premier support de la treille, un petit banc, et, en avant de ce banc un petit abri conique en roseaux, protégeant un figuier microscopique. — En arrière de la maison, la silhouette d'un moulin à vent. — Au troisième plan, un mur de jardin en pierres sèches, à hauteur d'appui, avec une porte à claire-voie au milieu. — En arrière des arêtes de blocs de granit descendant vers la mer. — Sur la toile du fond sont représentés le canal de la Madeleine, avec îlots à gauche et l'île de la Madeleine à droite ; au coin, la ville de la Madeleine tout au fond vers l'horizon. — Dans la chambre du général, une porte au fond et une fenêtre au coin à droite. — En avant de cette fenêtre, un lit de fer. — En face du lit, une commode. — Au milieu, une table sur tréteaux ; — des chaises, — ustensiles de pêche à gauche au fond. — En avant de l'armoire, une selle mexicaine. — Soleil couchant.

1

SCÈNE PREMIÈRE

FRUSCIANTI, réparant le mur du jardin,
BALILA, écrivant dans la chambre. — HOMMES amenant
des pierres sur une brouette.

FRUSCIANTI, derrière le mur.

N'est-ce pas, messieurs, qu'on s'amuse bien à Caprera ? En voilà un métier ! Ces sacrés taureaux sauva-
ges qui viennent chaque nuit rôder autour du jardin
me feront mourir avant l'heure. C'était bien la peine
de faire ici des kilomètres de murs en pierre sèche,
pour protéger des cultures qui n'existent pas. — Pour
quelques misérables touffes d'herbes, en font-ils du dé-
gât ! — Il me faudra bientôt passer toutes mes journées
à réparer les brèches qu'ils font... Et voilà comment
on se repose ici des fatigues de cette campagne de
59 qui devait faire l'Italie libre des Alpes à l'Adriati-
que... Ah ! malédiction !

Sortie des deux hommes avec la brouette vide.

BALILA, sortant de la chambre.

Qu'est-ce que tu as encore à ronronner ? On dirait
que tu récites tes patenôtres.

FRUSCIANTI.

Ronronner, ronronner, comme s'il n'y avait pas de
quoi ; c'est toujours à recommencer ici ; chaque jour,
partout où il y a un brin d'herbe, il y a un trou à boucher. Est-ce qu'il ne vaudrait pas mieux en finir d'une
fois, avec ces animaux, que d'en prendre un de temps
en temps avec le lazzo, comme on fait ici, pour le ven-
dre au boucher de la Madeleine ? Ça nous ferait une

petite somme, et nous mangerions un peu plus souvent de la viande de boucherie.

BALILA.

Et quand on aurait vendu le dernier, où la prendrais-tu, ta viande de boucherie, puisqu'on ne nous en laisse un peu que les jours où l'on vient ici abattre un de ces taureaux, trop peu nombreux, la seule richesse de l'île?

FRUSCIANTI, de mauvaise humeur.

Tu veux toujours avoir raison, toi, tu m'ennuies à la fin.

Rentrée des deux hommes avec la brouette pleine.

BALILA.

Ah! moine bourru, va! (S'adressant aux hommes.) Figurez-vous, messieurs, que ce frocard-là est la tyrannie personnifiée... Il faut que tout plie devant sa volonté, son caprice, car il est capricieux le moineau. On ne mange ici que ce qu'il veut, que quand il veut. Bref, il est le maître. Et tu te plains? Qu'est-ce qui te force à y rester, ici? Pourquoi, depuis sa condamnation à mort, à Gênes, suis-tu partout le général, en Amérique, à Rome, en Lombardie?

FRUSCIANTI, sortant du jardin avec des mouvements d'épaules dénotant l'impatience *.

Pourquoi, pourquoi? Est-ce que je sais, moi. Et toi-même, pourquoi le suis-tu aussi?... Je comprendrais encore ça quand on va se battre, quoiqu'on nous prenne à Turin pour de vrais don Quichotte; mais ici, sur ce rocher nu, où tout le long de l'année on est seul...?

BALILA.

Tu regrettes le far niente de ton ancien couvent? A ta place, j'y retournerais, puisque tu trouves une si

* Balila, Fruscianti.

grande différence entre les plaines de la Lombardie et le terrain de Caprera, espèce de Sancho-Pança!

FRUSCIANTI, passant à droite.

Tu appelles ça un terrain? On ne ferait pas pousser dans toute l'île de quoi nourrir une douzaine de poules.

BALILA.

Ça ne t'empêche pas d'y engraisser dans ce que tu nommes l'ermitage de l'excommunié.

FRUSCIANTI.

Oh! j'en ai vu dans ma vie, des ermitages, mais de plus tristes que celui-ci, il n'y en a pas. Les autres, au moins, ont leurs pèlerinages; ici, rien.

BALILA.

Eh bien! sois content, tu vas bientôt voir ici un pèlerinage.

Les hommes qui roulaient la brouette sortent par la gauche.

FRUSCIANTI.

Hein! qu'est-ce que tu racontes là?

BALILA.

Je te dis qu'aujourd'hui même, sans doute, tu verras ici des pèlerins et de drôles de pèlerins.

FRUSCIANTI.

Oui, des pèlerins qui viennent les mains vides et qu'il faut nourrir. Les nourrir? et avec quoi?

BALILA.

Rassure-toi, le colonel est là-haut, en train de repiquer la meule; s'il n'y a pas autre chose, il y aura au moins farine blanche et pain frais.

FRUSCIANTI.

Si c'est Dieu possible! on n'a pas, ici, de quoi payer

ses impositions, et d'un bout à l'autre de l'année, c'est
une procession de mangeurs.

BALILA.

' Voilà, maintenant, que ce n'est plus la solitude, mais
les visites qui t'affligent; tu es difficile à contenter,
sais-tu bien?

FRUSCIANTI.

Et qu'est-ce qu'ils viennent faire encore, ceux-là? Je
te le demande.

BALILA.

Attends et tu sauras. (Voyant s'avancer Paola.) Tiens!
qui est-ce qui arrive là?

SCÈNE II

LES MÊMES, PAOLA, elle s'avance avec hésitation.

FRUSCIANTI, levant les bras au ciel.

Une femme? Des femmes, maintenant. Eh bien! il
ne nous manquait plus que ça! (Brusquement et à très haute
voix à Paola.) Qu'est-ce que vous voulez?

PAOLA.

C'est une lettre pour M. Balila; est-ce vous?

FRUSCIANTI, montrant Balila avec mauvaise humeur.

Voilà.

BALILA, s'avançant vers Paola pendant que Fruscianti
retourne à son mur.

Une lettre pour moi... et de qui? (Il prend la lettre,
l'ouvre.) Tiens! de ce brave Arnoldo! (Il lit un moment.)
Comment, mademoiselle, vous êtes la sœur d'Ar-

noldo? Et que puis-je pour votre service? votre frère
vous recommande à moi sans rien spécifier... D'abord
comment vont ses blessures?

> Ils vont s'asseoir sur le banc qui est au pied du premier
> soutien de la treille.

PAOLA.

Pas bien, monsieur Balila, mais ce qui le tourmente
le plus, c'est de n'avoir pu, lui-même, venir et faire
ce dont il m'a chargée.

BALILA.

Expliquez-moi, je suis tout à votre service.

FRUSCIANTI, à part, les voyant assis.

C'est ça, ne vous gênez pas.

PAOLA.

Vous savez, monsieur, que notre père et celui de
Nullo étaient prisonniers des Bourbons de Naples, que
nos familles ont été cruellement persécutées et qu'on
ne cesse de nous tendre des pièges. Nullo était à peine
parti de Gênes pour venir ici, quand nous avons appris la mort de son père; il a succombé aux mauvais
traitements, dans sa prison. Nous avons été informés
aussi que Nullo lui-même courait les plus grands dangers. — Voilà huit jours que je suis à la Madeleine, j'ai
écrit plusieurs fois ici, mais je n'ai pas eu de réponse.
— Qu'est-ce que cela veut dire? Où est Nullo?

BALILA.

Hélas! mademoiselle, Nullo n'est plus à Caprera; le
général l'a envoyé en mission, en Sicile!

PAOLA, se relevant effrayée.

En Sicile! mais alors il est perdu!...

> Elle sanglote.

BALILA.

Ne vous alarmez pas.

PAOLA.

Mais, ne dit-on pas qu'il y a des troubles en Sicile? Nullo, surveillé comme il l'est, n'échappera certainement pas à nos bourreaux. (Les mains jointes.) Je vous en supplie, monsieur, faites que je puisse le rejoindre... et le sauver.

BALILA, à part.

Il n'y a pas d'autre moyen... (A Paola) Vous voulez aller en Sicile? Vous avez peut-être raison; mais laissez-moi réfléchir aux moyens à employer. D'abord, il ne faut pas qu'on vous voie ici. — Venez; je chercherai...

Ils s'éloignent par le fond à gauche.

FRUSCIANTI, avec un geste de stupeur.

Eh bien! il s'en va avec elle maintenant. Oh! (Suivant de l'œil,) mais il n'entre pas dans son wiguam, comme il nomme sa cabane. Où va-t-il donc avec sa donzelle? (Apercevant Garibaldi qui va sortir du jardin.) Ah! je comprends, il aura eu peur que Garibaldi ne le voie.

SCÈNE III

FRUSCIANTI, GARIBALDI, se dirigeant vers la maison, et ayant à la main gauche une petite pastèque qu'il porte avec grandes précautions. — Musique d'entrée.

GARIBALDI.

Fruscianti, vous direz à Balila de venir me parler.

FRUSCIANTI, le regardant aller vers la maison.

Avec cette pastèque à la main, pas plus grosse qu'une orange il a l'air de porter le globe d'or des empereurs. — Une pastèque de Caprera! l'unique! Qu'on vienne lui dire maintenant qu'il ne pousse rien dans l'île... Ah! ah! ah! il n'y a pas de danger qu'il la laisse tomber... Dire à Balila qu'il vienne lui parler? Il n'est pas chez lui... Qui sait où il est? Ce qu'il fait maintenant?

Il fait des gestes de confusion et se remet à son mur.

SCÈNE IV

FRUSCIANTI, GARIBALDI, dans sa chambre, regarde avec la longue-vue marine par la fenêtre, BALILA, revenant par où il est sorti.

FRUSCIANTI.

Ah! te voilà, sacripant!

BALILA.

Dis donc, révérend, veille un peu à ta langue.

FRUSCIANTI.

C'est bon! c'est bon. A quand la noce?

BALILA.

Cesse tes plaisanteries de mauvais goût. La jeune fille qui était ici tout à l'heure est la sœur de notre frère d'armes, Arnoldo.

FRUSCIANTI.

Ah! c'est différent; mais qu'est-ce qu'elle vient faire ici?

BALILA.

Si l'on te le demande, tu diras que tu n'en sais rien.

FRUSCIANTI, dépité et sèchement.

C'est bon... Ah! à propos, le général te demande.

Il retourne réparer le mur.

BALILA, allant avec empressement vers la chambre.

Crétin, va, tu ne pouvais pas le dire tout de suite? (Au moment où Balila entre dans la chambre, le général consulte sa montre.) Vous m'avez fait demander, général?

GARIBALDI.

Oui. Le paquebot de Gênes a bien du retard aujourd'hui... cela ne vous paraît-il pas étrange?.

BALILA, prenant la longue-vue et regardant par la fenêtre.

C'est d'autant plus bizarre, que depuis quelques jours le temps est très beau... Il me semble cependant que je vois de la fumée à l'entrée des Bouches de Bonifacio

GARIBALDI, se rapproche de lui.

Qu'il me tarde de savoir si la dernière dépêche que nous avons reçue n'est pas une fausse dépêche comme on nous en a tant envoyées déjà. Avec ce bateau postal, qui ne vient ici que tous les huit jours, il est bien difficile de se tenir au courant des événements.

BALILA, posant la longue-vue sur la commode.

C'est lui. Le voilà qui entre dans le canal de la Madeleine.

GARIBALDI, joyeux se rapproche de la table et examine les lettres.

Enfin! nous allons savoir... Les lettres sont prêtes?

BALILA.

Oui, général.

1.

GARIBALDI.

Appelez Fruscianti.

Balila sort sur le pas de la porte de la maison.

BALILA, à Fruscianti.

Allons, allons, leste !

Il retourne près du général.

FRUSCIANTI, se dirigeant lentement vers la chambre.

On y va, on y va.

GARIBALDI, dès que Fruscianti est entré.

Alerte ! Fruscianti ! Un bon coup d'aviron, et à la Madeleine. (*Il lui remet un paquet de lettres que Fruscianti place entre sa cheminée et son froc.*) Tu mettras ces lettres dans le sac de la Gulnara, si tu vois Bixio, parmi les passagers du *Piemonte.* — Sinon tu reviendras et tu rapporteras les lettres.

FRUSCIANTI, en se retirant.

Ce sera fait.

Il sort par le fond à gauche.

SCÈNE V

GARIBALDI, BALILA, dans la chambre.

Ah ! cette dépêche ! si elle était vraie !... Si nos frères de Sicile étaient enfin résolus à chasser le rejeton de cet infâme Bomba, du tyran que Chateaubriant a appelé la négation de Dieu ? — Mais, hélas ! ce ne sera qu'un faux bruit, tout au plus un feu de paille ; et, pour longtemps encore, l'Italie courbera la tête sous le joug de ses tyranneaux et sous le bâton des étrangers. — Qui sait, d'ailleurs, si nos amis de France, d'Angleterre,

d'Amérique et de Hongrie répondront à mon appel?
Les meilleurs se lassent, à la fin, de voir leur dévouement, leurs sacrifices stérilisés par la seule volonté
d'un diplomate, ou par les fautes d'un monarque imbécile... Viendront-ils nos amis?

BALILA, qui par la porte de la chambre voit sur la place devant
la maison les hommes qui arrivent.

Général, ils viennent; j'aperçois là-bas Pear, Stocco,
Tuckery, et avec eux quelqu'un que je ne connais pas.

GARIBALDI, joyeux et allant à la rencontre des arrivants.

Allons à leur rencontre.

SCÈNE VI

LES MÊMES, PEAR, sa carabine sur le dos, STOCCO,
DE FLOTTE, longue barbe grisonnante, lunettes d'or,
TUCKERY, ils remettent des lettres à Garibaldi qui jette dessus
un coup d'œil distrait.

GARIBALDI, tendant les mains.

Arrivez, mes amis, mes fidèles; je savais bien, moi,
que vous ne manqueriez pas au rendez-vous.
Il donne une poignée de mains à Pear, Stocco et Tuckery,
arrivé devant de Flotte, il s'arrête.

PEAR.

Ah! pardon, j'oubliais... le présentation *. (Montrant
de Flotte, longue barbe grisonnante, lunettes d'or sur le nez.)
M. de Flotte, ex-lieutenant de vaisseau de la marine
française... ex-représentant du peuple, proscrit du
2 décembre.

* Prononcer présentecheune.

GARIBALDI.

Mais je vous reconnais citoyen. Nous nous sommes déjà vus! Mais où?

DE FLOTTE, va pour parler, Garibaldi l'arrête du geste.

Attendez!... Non!... Oh! c'est que vous ressemblez d'une étrange façon à un de nos grands italiens — à Manin, un myope comme vous. — Et, n'était votre barbe, on dirait deux frères. (s'adressant à son entourage.) Avez-vous remarqué, messieurs, que parfois, on croit reconnaître quelqu'un; mêmes traits, même son de voix, jusqu'à la même façon de se vêtir. On l'accoste, on lui parle, et ce n'est pas celui qu'on croyait. (A de Flotte.) Je connais votre vie, monsieur de Flotte, et je sais que vous ressemblez à Manin, non seulement au physique, mais aussi au moral.

DE FLOTTE.

Vous ne vous trompiez pas, général, nous nous sommes déjà vus.

GARIBALDI.

Ah! où donc?

DE FLOTTE.

En Amérique, au Salto. C'est moi qui eus l'honneur de vous apporter, de la part de l'amiral Laîné, représentant la France dans ces parages, les remercîments de notre gouvernement, le jour même où le président de Montévidéo vous remit le drapeau offert à votre valeureuse légion, et portant inscrite en lettres d'or la date du 8 août 1846, jour où, par la bataille de San-Antonio, et après cent autres victoires, vous avez chassé pour toujours le Néron moderne, l'infâme Rosas et fondé définitivement la république... Je n'étais alors qu'un simple aspirant de marine.

GARIBALDI, montrant du doigt sa maison.

Je l'ai encore là, dans ma chambre, ce drapeau. — Mais que ces événements sont loin de nous déjà!... Et vous êtes venu vous joindre à nous? soyez le bienvenu! — nos frères de France nous envoient ce qu'ils ont de meilleur. (Lui donnant une poignée de main et lui mettant la droite sur l'épaule.) Nous ne l'oublierons jamais.

DE FLOTTE.

C'est le devoir de tous ceux qui ont consacré leur vie à la défense du droit et de la justice, de venir à vous, chaque fois que vous tirez l'épée du fourreau. — J'ai trop souffert de ne pas être des vôtres, l'année dernière, pour ne pas arriver aujourd'hui l'un des premiers.

GARIBALDI.

Oui, en effet; après nos succès de Varèse, de Côme, de Treponti, personne ne se serait attendu à nous voir arrêter, en pleine victoire, par la paix de Villafranca. — Bien d'autres venaient à nous, qui ont dû rebrousser chemin. — La diplomatie nous réservait cette surprise. — Cependant, la tâche était facile alors pour faire l'Italie une; tandis qu'aujourd'hui, notre tentative est, pour ainsi dire, désespérée.

SCÈNE VII

LES MÊMES, COSTA et VILLA, arrivant sournoisement par la gauche au fond et se tenant à l'écart.

DE FLOTTE.

Général! où vous allez le succès vous suit. Souvenez-vous de Rio-grande, de Montévidéo, de ce siège, aussi long que celui de Troie où, un contre cent, vous fûtes toujours victorieux. — Souvenez-vous du siège de Rome et de la porte Saint-Pancrace.

GARIBALDI, vivement.

Mais souvenons-nous aussi de la villa Corsini, de la retraite de Rome, de Saint-Marin (Avec un sentiment de profonde tristesse.) et de Ravenne.

PEAR et STOCCO, s'approchent et lui prennent la main.

Général!

GARIBALDI, se rassérénant.

Vous avez raison, oublions les difficultés, ne voyons que le but; et puisque vous voilà...

PEAR, vivement.

Oh! bien d'autres nous accompagnent et seront ici dans un moment.

GARIBALDI, à de Flotte.

Au fait; nous avons à Caprera un de vos amis, je crois.

DE FLOTTE.

Oui! c'est lui qui m'a prévenu.

GARIBALDI.

Voyez-vous, le sournois, il ne m'en avait rien dit. (A Balila.) Où est le colonel? je ne l'ai pas vu d'aujourd'hui.

BALILA.

Il est là-haut, au moulin, en train de repiquer la meule.

GARIBALDI, riant.

Ah! ah! un faiseur d'X, un colonel promu au grade de meunier. (A de Flotte.) Il faut bien se rendre utile entre deux batailles, n'est-ce pas? (A Balila.) Allez le chercher. (Appelant en se faisant un cornet de ses mains.) Hein! colonel!

SCÈNE VIII

LES MÊMES, KERNOS, sortant du moulin, lunettes de repiqueur sur le nez, et marteau à la main, les vêtements maculés de farine.

KERNOS, dans la coulisse.

Me voici, général, qu'y a-t-il? (Entrant et apercevant de Flotte, il quitte lunettes et marteau et se précipite vers lui.) De Flotte!

DE FLOTTE, ils se tiennent étroitement embrasés.

Kernos!

GARIBALDI.

Prenez donc garde, vous allez passer, monsieur de Flotte, au blanc. — Jolie tenue pour un colonel du génie !

KERNOS, narquois.

Je vous conseille de parler. Mais regardez-vous donc! Jolie tenue pour un général d'armée !

Tout le monde se met à rire. — De Flotte et Kernos, bras dessus bras dessous, s'en vont en causant vers le fond. — Coste et Villa observent, écoutent, et se communiquent leurs réflexions. — Pear cause avec Balila près du mur du jardin.

GARIBALDI.

Eh bien! Stocco, où en sommes-nous •?

• Stocco, Pear.

SCÈNE IX

LES MÊMES, moins DE FLOTTE et KERNOS.

STOCCO.

Nos amis seront prêts au premier signal. Les Calabres commenceront à s'agiter dès que le mouvement
éclatera en Sicile ; déjà, à notre départ de Gênes, les
journaux annonçaient que Palerme était en insurrection.

GARIBALDI.

On le dit ; mais rien ne le prouve encore. Gardons-
nous d'ajouter foi à ces gazetiers que le public croit
bien informés, et qui me font souvent dire et faire
des choses auxquelles je n'ai jamais pensé. Nous avons
bien autre chose à faire, ma foi, que de les contredire.
Qu'on nous juge d'après nos actes, c'est tout ce que
nous devons désirer, et la postérité le fera. — Il écri-
rait drôlement l'histoire celui qui s'en rapporterait à
leurs racontars. D'ailleurs, ce n'est pas tout de commencer, il faut finir ; et, si nous pouvons beaucoup,
aidés par l'esprit révolutionnaire du peuple, sans lui,
nous ne pouvons rien. — A Turin, que dit-on ; que fait-
on ?

STOCCO.

A Turin, le gouvernement est bien embarrassé. Il
sent qu'il serait emporté s'il se mettait en travers ; le
courant de l'opinion est formidable ; mais on fait tout
pour empêcher le groupement de nos amis de la dernière campagne ; on espère, en fin de compte, que la
Sicile servira tout bonnement d'exutoire pour les
hommes du parti d'action de la Haute-Italie. — Le mot
est d'un diplomate que vous connaissez bien.

GARIBALDI.

Que je connais trop, quels que soient ses mérites,
que je ne conteste pas... En vérité! un exutoire!...
Qu'il me soit seulement prouvé que les Siciliens
sont fermement résolus à secouer le joug de Bombi-
cello, et alors...

Il fait un geste énergique, et comme par mégarde coupe en
deux son cigare dont il offre une moitié à Stocco, bat son
briquet et allume.

COSTA, bas, à Villa.

Madona! Voilà des nouvelles qu'il faut nous hâter
d'envoyer à monsignor.

GARIBALDI.

Alors! mon brave Stocco, les volontaires montre-
ront ce qu'une poignée d'hommes expérimentés, au
milieu d'un peuple las d'oppression, peut contre les
potentats, si entourés qu'ils soient de leurs armées de
mercenaires. (Il tend la mèche américaine à Stocco.) Fumez-
le. Ils sont excellents. Ils viennent de Nice. (Regardant
autour de lui.) Mais je ne vois pas Bixio; et pas de nouvelles de Nullo! ah!

STOCCO.

Nullo? Où est-il donc?

GARIBALDI.

Je l'ai expédié, il y a plus de dix jours déjà, en
Sicile (Costa et Villa se font des signes d'intelligence.) où ses
relations de famille lui permettent de nous servir
d'avant-coureur et de préparer nos amis à seconder
nos mouvements. Sa mission est très délicate et des
plus dangereuses; mais, seul, il pouvait me renseigner
exactement. -- Il faut, vous le comprenez, que je puisse
avoir pleine confiance dans la volonté et dans la per-
sévérance de nos frères; sans cela, je vous exposerais

avec moi à un échec certain. — Il ne faut pas démasquer ses batteries avant d'être prêt à faire feu de toutes parts. Ce silence persistant de Nullo me préoccupe beaucoup, car j'aurais dû recevoir de ses nouvelles ce matin... Rien n'est arrivé. (Montrant les lettres que Pear lui a remises en arrivant.) Il n'y a pas au milieu de tout ça une seule lettre de Sicile.

STOCCO.

Pas de nouvelles, bonnes nouvelles.

GARIBALDI.

Ce n'est pas le cas, ici. (Un nouveau visiteur arrive et remet des lettres au général qui les examine et dit. — A part.) Rien encore. (A Stocco.) Je vous laisse, un instant, je vais lire ces lettres.

Il va dans sa chambre où il se met à lire.

PEAR, à Balila.

Je vais profiter de ce qu'il reste de jour pour voir si je ne rencontrerai pas quelque gibier.

BALILA.

Ah! non, par exemple! La chasse est défendue ici : — Ordre du maître.

PEAR.

Comment! Il veut s'en réserver le plaisir à lui tout seul?

BALILA.

Vous n'y êtes pas; c'est par humanité, il ne veut pas qu'on fasse du mal aux bêtes.

PEAR.

Voyez-vous! ce buveur * de sang!

BALILA.

Si, par hasard, vous vouliez aller chercher une friture, (Il montre la maison.) il y a là des cannes à pêche.

* Prononcer biouveur.

PEAR.

Mais les poissons ne jouissent donc pas de la même immunité*?

BALILA.

Les poissons? non. Ils ne sont pas, comme le dit Michelet, candidats à l'humanité.

> Tous se mettent à rire.

PEAR.

Eh bien, va pour une friture; venez-vous, messieurs?

> Tous, excepté Villa, Costa et Balila, prennent des cannes à pêche dans la maison et s'en vont par le fond à droite.

BALILA.

Et vous, emportez votre rifle **.

PEAR.

Mon rifle ne me quitte jamais.

BALILA.

Alors, bonne chance.   Il va dans la chambre.

SCÈNE X

Rentrée de KERNOS et de DE FLOTTE pendant que les autres s'éloignent, GARIBALDI et BALILA, dans la chambre, COSTA et VILLA sur le devant à droite.

KERNOS, à Costa et Villa.

Et vous, citoyens, vous n'êtes pas de la partie de pêche?

* Prononcer immiounité.
** Prononcer raifle.

COSTA.

Non! nous sommes fatigués, nous préférons rester ici.

KERNOS.

A votre aise. (Il les observe en s'en allant par le fond à gauche et s'adressant à de Flotte.) Ils me font l'effet de deux sournois, qu'en penses-tu?

GARIBALDI, voyant Balila entrer.

Ah! c'est vous, Balila, tenez, cataloguez ces lettres.

SCÈNE XI

COSTA, VILLA, sur la place, GARIBALDI et BALILA, assis près de la table. — Un peu après, PAOLA.

COSTA.

Si nous pouvions savoir ce que contiennent ces lettres, et faire d'une pierre deux coups, livrer à monsignor les secrets de l'ennemi et la jeune fille qu'il convoite depuis si longtemps.

VILLA.

Certainement, la venue de la fille d'Arnoldo a un but politique, et si, tout en la surveillant, nous pouvions informer monsignor des projets de ces révolutionnaires, il nous en serait reconnaissant, puisqu'il mène de front la politique et les plaisirs.

COSTA.

Oui, mais n'allons pas commettre d'imprudence. En nous mêlant, l'année dernière, aux volontaires dont faisaient partie Nullo et Arnoldo, le frère de Paola,

nous avons réussi à nous faire accepter comme étant
des leurs; mais si l'on se doutait de quelque chose
nous serions perdus.

VILLA.

Aussi, pourquoi ne pas nous laisser nous défaire de
cet homme dont la mort ruinerait toutes les espéran-
ces des libéraux italiens. Ici, ce serait chose facile.

COSTA.

Allons! tais-toi; tu sais bien que tel n'est pas le pro-
jet de monsignor. Garibaldi mort, un de ses lieute-
nants prend sa place, et alors l'agitation continue dans
la Vénétie, les Etats-Romains, tout comme dans le
royaume des deux Siciles. — Un parti ne meurt pas,
quand il perd son chef même le plus éminent; tandis
que si Garibaldi entraîne avec lui, en Sicile, presque
tous ses anciens compagnons, il y aura là un magni-
que coup de filet qui terminera tout.

Musique. — Entrée de Paola par le fond à gauche.

VILLA.

Silence; voici notre surveillée Paola, attention.

COSTA, obséquieusement à Paola.

Vous cherchez quelqu'un; si nous pouvions vous
être utile à quelque chose?

PAOLA, ayant l'air de chercher de droite et de gauche.

Non, merci, messieurs.

BALILA, pliant des paquets de correspondance qu'il tient à la
main.

C'est fini, je vais les réunir aux correspondances du
dernier courrier...

Il sort, et sur le pas de la porte il aperçoit Paola vers laquelle il va vivement.

PAOLA.

Ah! voici celui que je cherche.

BALILA, à Paola.

Vous avez oublié ma recommandation... Il ne fallait pas vous montrer avant que...

PAOLA, pendant que Balila l'emmène vers le fond à gauche, et sort avec elle.

Mais, c'est que je ne trouvais pas...

SCÈNE XII

GARIBALDI, visitant ses armes et sa selle mexicaine, dans sa chambre, COSTA et VILLA sur la place.

VILLA.

Il y a certainement encore quelque mystère là-dessous... La présence de Paola au milieu des conjurés; son entente avec Balila, le secrétaire du général... Ah! si nous pouvions savoir...

COSTA.

Attention! voici du monde.

SCÈNE XIII

PEAR et LES AUTRES PÊCHEURS, STOCCO, TUCKERY et LES DEUX VOYAGEURS reviennent et déposent leurs lignes. GARIBALDI sort en même temps de la maison; il en est à peine sorti que le pâtre y entre et pose une tasse de lait sur la commode.

GARIBALDI, à Pear.

Eh bien ! la pêche a-t-elle été abondante ?

PEAR.

Nous avons fait chou blanc. J'y renonce.

GARIBALDI.

Oh ! c'est incroyable ! La mer est ici notre ressource
la plus assurée ; elle fourmille de poissons dans tous
ces canaux, si tranquilles, où Nelson réunissait ses
escadres, sous le premier empire ; si vous n'avez rien
pris, c'est que vous êtes un maladroit, à moins que ce
soit votre rifle qui effraie les poissons.

PEAR.

Mon rifle ? ne vous en moquez pas. Si nous en avions
eu quelques-uns comme ça à Montévidéo, le siège
n'aurait pas duré si longtemps, nos armes auraient
fait merveille... Mais, au lieu de nous traiter de mala-
droits, vous feriez mieux de nous dire ce qu'on pourrait bien faire ici pour se distraire. Savez-vous que
vous avez choisi un joli port de mer pour venir y manger votre retraite.

GARIBALDI.

Il n'est pas de votre goût, mon port de mer ?

PEAR.

Non. — Mais, plaisanterie à part, vous devez-vous
ennuyer à mourir, ici, quand vous êtes tous les trois
seuls, vous, Balila et le révérend Fruscianti : pas l'ombre d'une distraction.

SCÈNE XIV

Les Mêmes, LE PATRE, qui se glisse inquiet le long de la maison, sous la treille. — Le jour baisse.

GARIBALDI.

Vous voulez vous distraire? Tenez, avant que la nuit ne vienne, nous pouvons faire une partie de boules.

PEAR.

A la bonne heure! voilà une distraction. J'aimerais mieux une partie de crickett, mais c'est toujours ça.

Ils prennent des boules. Stocco lance d'abord le cochonnet de droite à gauche et joue ensuite la première boule. Pear s'apprête à jouer.

GARIBALDI, à Pear.

Prenez garde au figuier.

PEAR.

Un figuier, où ça?

GARIBALDI.

A vos pieds.

PEAR.

Ça un figuier? On dirait une asperge. Il y a long-temps qu'il est planté?

GARIBALDI.

Cinq ans environ.

PEAR.

Eh bien! il est d'une belle venue.

Il rit et lance sa première boule; quand il se prépare à lan-cer la seconde, Garibaldi l'arrête.

GARIBALDI.

Otez-vous de là, maladroit; laissez-moi faire; il ne faut pas pointer, il faut tirer; enlever le cochonnet.

PEAR.

A vous. — Nous allons voir si vous tirez une boule aussi bien qu'un coup de canon.

Garibaldi en prenant du champ pour tirer, heurte du bras, en arrière, le pâtre qui s'est rapproché de lui; il se retourne vivement et l'interpelle.

GARIBALDI, au pâtre.

Eh bien! qu'est-ce que tu fais là, toi?

LE PATRE.

Excellence...

GARIBALDI.

Veux-tu bien te taire, animal, avec ton excellence. Voyons, qu'as-tu, qu'est-ce qu'il y a?

LE PATRE.

Exc...

GARIBALDI.

Encore?

LE PATRE.

Non.

GARIBALDI.

Parleras-tu?

LE PATRE.

L'immaculée...

GARIBALDI.

Eh bien! l'immaculée?

LE PATRE.

Elle a fait le petit.

2

GARIBALDI.

Elle a fait le petit... Après?

LE PATRE.

Je l'ai perdu.

GARIBALDI.

Comment! tu l'as perdu. (Les boules lui tombent des mains.) Il est mort?

LE PATRE.

Non. Je l'avais gardé presque toute la journée sur mes bras pour l'abriter du soleil, et je ne le donnais à la mère que pour le faire téter; vers le soir, je le lui ai laissé, et en revenant, tout à l'heure, je me suis aperçu qu'il avait disparu, qu'il n'était plus avec le troupeau.

La nuit se fait.

GARIBALDI, d'une voix forte.

Imbécile, je ne sais qui me retient. (Il lève la main en signe de menace. Le pâtre s'abrite de son bras recourbé. Garibaldi le poussant légèrement de la main reprend d'une voix calme.) Allons, rassure-toi. (S'adressant aux joueurs de boules.) Messieurs, la pauvre petite bête mourrait de froid cette nuit, si les vautours ne la mettaient en lambeaux. Une promenade dans l'île, à la fraîcheur, c'est très hygiénique, je vous assure. Allumons un cigare et allons la chercher; vous verrez, c'est très agréable.

PEAR, aux visiteurs.

Une promenade dans l'île à cette heure? Il y a de quoi se casser bras et jambes.

GARIBALDI, au pâtre.

Va nous chercher des lanternes. (Le pâtre va chercher des lanternes dans la maison pendant qu'on allume des cigares. — A Pear.) Allons, venez, paresseux, plus nous serons, plus nous aurons de chances de retrouver ce pauvre agnelet.

(Pear dès qu'il a sa lanterne, la pose sur le canis du figuier.)
Qu'est-ce que vous faites là?

PEAR.

C'est pour qu'on ne marche pas dessus.

Rire général.

GARIBALDI.

Allons, mauvais plaisant, en route! La campagne est
commencée, nous voici déjà en reconnaissance de nuit.
(A Balila qui s'apprête à le suivre.) Vous, Balila, restez; allez dormir, car nous avons à travailler demain de bonne
heure.

BALILA, au pâtre.

Tu vois de quoi tu es cause avec ta maladresse.

LE PATRE.

Mais ce n'est pas moi, c'est l'immaculée.

Ils sortent.

SCÈNE XV

BALILA, LE PATRE, allant dans la chambre,
COSTA, VILLA, sur la place.

Le pâtre allume de suite une bougie, et place la tasse sur
la table.

BALILA, rassemblant ses papiers qui sont sur la commode,
et mettant sa serviette sous le bras, à part.

Plus rien ne traîne? Non. (Au pâtre.) As-tu préparé
tout ce qu'il faut?

LE PATRE.

Oui.

BALILA.

La tasse de lait?

LE PATRE, montrant la table.

Elle est là.

BALILA.

C'est bien; tu peux aller dormir. Et, demain matin, une grosse marmite de café; la smala est nombreuse.

> Balila sort de la chambre, traverse la scène et s'en va par le fond à gauche. On voit le pâtre se coucher sur une peau de mouton en travers et en dehors de la porte du général. Il a éteint la bougie en se retirant. La lanterne que Pear a posée sur le figuier est toujours là, allumée.

SCÈNE XVI

COSTA, VILLA.

COSTA, bas, et s'approchant de la porte de la maison.

Plus de bruit, si l'on pouvait voir? (Il regarde par la porte entrebâillée.) Ce maudit pâtre est couché en travers de la porte, sans cela... Voyons, si par la fenêtre... (A Villa.) Toi, fais le guet.

VILLA.

Oui va, sois tranquille, je veille.

COSTA.

Et s'il vient quelqu'un, appelle-moi doucement. (Il fait le tour de la maison et paraît à la fenêtre qu'il franchit.) La fenêtre est ouverte; ma foi, j'en profite, entrons. (Il tâtonne sur la commode.) Comment! rien? (Palpant sur la table.) Ah! des papiers! c'est bon, je prends tout; je trouverai bien quelque document précieux au milieu de tout ça.

VILLA, voyant des lumières revenir.

Des lumières! Reviendraient-ils déjà? Oui, ce sont eux. (Il va à la fenêtre et d'une voix étouffée.) Costa, Costa, vite, on revient, sauvons-nous.

COSTA, sortant de la chambre par la fenêtre.

Ah! diavolo!

SCÈNE XVII

PEAR, revenant le premier, suivi des autres et ensuite de GARIBALDI.

PEAR.

Elle est jolie la partie de plaisir! Avec ces lanternes et les grandes ombres qu'elles projettent, on risque encore plus de se rompre le cou. Et tout ça pour un mauvais petit agneau.

GARIBALDI, rentrant sur ces derniers mots.

Vous avez raison, Pear; il faut y renoncer. D'ailleurs, nous avons besoin de repos, car demain, je l'espère, commenceront les fatigues. Allons dormir, et bon repos à tous. Que chacun s'arrange comme il pourra, la maison est petite.

On entre dans la maison. Quand Garibaldi entre dans sa chambre, on voit le pâtre couché en travers de la porte. — Il ferme sa fenêtre, allume une bougie, et fait ses préparatifs de coucher; puis il se ravise et passe son puncho de campagne et se prépare à sortir. Pendant ce temps, Costa et Villa reviennent sur la place.

2.

SCÈNE XVIII

COSTA, VILLA, GARIBALDI.

VILLA.

Qu'as-tu trouvé?

COSTA.

Des papiers, mais je ne sais ce que c'est.

VILLA, s'avançant et prenant la lanterne.

Voyons, s'il y en a d'importants?

COSTA, examinant les papiers l'un après l'autre.

Une demande de secours, au diable. — Une vieille miss qui demande un autographe, la vieille folle! — Ah! une lettre chiffrée. Que peut-elle contenir?.

VILLA.

Monsignor Corvo saura bien la déchiffrer.

COSTA.

Voici un mot écrit au crayon, là, en travers. Mazzini. — Mazzini! Une lettre de ce maître agitateur! Ce doit être important.

Garibaldi ouvrant sa porte, le pâtre se réveille, se lève à demi et s'écrie à haute voix :

LE PATRE.

Hein! qui va là?

GARIBALDI.

Silence, c'est moi, continue ton sommeil.

Musique. — Garibaldi sort et s'en va par le fond à droite.
Costa et Villa en entendant la voix de Garibaldi et du pâtre, se cachent à demi dans la coulisse de gauche.

VILLA, en regardant Garibaldi s'éloigner.

Où va-t-il donc ainsi? Quel bon moment ce serait pour en finir.

SCÈNE XIX

COSTA, VILLA.

COSTA.

Tais-toi, encore une fois. Tu sais que ce n'est pas ce que veut monsignor.

VILLA.

Si nous le suivions pour savoir ce qu'il va faire? Il va peut-être visiter quelque cachette connue de lui seul.

COSTA.

Peut-être bien celle où il renferme les trésors qu'il a amassés dans sa vie d'aventures et dans ses dernières campagnes, et qu'il cache, même aux yeux de ses plus intimes amis.

VILLA.

C'est probable! Il feint la pauvreté, ce gaillard-là, mais il doit être aussi riche que Torlonia; comment pourrait-il, sans cela, préparer toutes ces expéditions?

COSTA.

Ce serait une fameuse affaire si nous découvrions le magot; nous pourrions nous enrichir d'un coup et brûler la politesse à Corvo qui paie maigrement nos services. — Essayons.

Ils s'avancent à pas de loup et voient le colonel et de Flotte qui sortent du moulin. Ils passent derrière le mur du jardin.

SCÈNE XX

VILLA, COSTA, KERNOS, DE FLOTTE, s'avançant et
s'éventant de leurs mouchoirs.

VILLA.

Au diable ceux qui viennent nous déranger. Tenons-
nous cois.

Ils se cachent derrière le mur.

KERNOS.

Je suis de ton avis ; il fait une chaleur insupportable
dans ce trou de moulin, flânons un peu au grand air.
— J'aime encore mieux, cependant, coucher là que
dans la cabane de Balila, une boîte en tôle de pionnier
américain, ou dans la chambre du général. (Il s'assied
au pied de la treille ; de Flotte reste d'abord près de lui, un pied
sur le banc.) Figure-toi qu'il n'y a pas ici d'eau potable,
et qu'on est obligé de recueillir l'eau de pluie dans une
citerne qui entretient dans la maison une humidité
constante, à laquelle sans doute il doit ses rhuma-
tismes.

DE FLOTTE.

Et si ses douleurs lui venaient en cours de campagne ?

KERNOS.

Cela est déjà arrivé ; mais comme le philosophe antique, il semble commander à la douleur et lui dire :
Tu n'es qu'un mot.

DE FLOTTE.

C'est incroyable... Et ces familiers de la maison que
sont-ils ?

KERNOS.

Mon cher, cet antéchrist, ce mangeur de prêtres, s'arrange de façon à avoir toujours près de lui un frocard quelconque dont il subit la prépotence. Il faut dire cependant, que Fruscianti est un vrai Michel Morin ; sans lui, on oublierait quelquefois de manger, à Caprera.

DE FLOTTE.

Et M. Balila ?

KERNOS.

Balila ? Oh ceci, c'est une autre affaire. Balila s'est attaché tout jeune au général, depuis les événements de 49 ; l'a suivi en Amérique, dans ses navigations de l'Inde, partout. Je ne connais pas d'exemple d'un pareil dévouement ; lui, jeune encore, érudit, il se condamne ici à une solitude presque absolue, ne quitte pas son général de l'œil. — On dirait le vieux de la montagne et un de ses hatschichins. — Obéissance aveugle. — Je suis sûr que si Garibaldi lui disait, un beau matin, de venir, pendant que je dors, me tirer un coup de pistolet dans l'oreille, il le ferait sans hésiter, sans demander pourquoi.

DE FLOTTE.

Oui, certains hommes suscitent de pareils dévouements.

KERNOS.

Tu as raison, et le général est un de ceux-là. (Ils se prennent sous le bras et se promènent.) Tu me disais donc que nos amis de Paris se sont organisés en comité et qu'ils enverront de l'argent et des hommes.

DE FLOTTE.

Oui ! j'en ai déjà une soixantaine, réunis à Gênes ;

j'en attends beaucoup d'autres. Mais en Angleterre, en Amérique, partout des comités se forment également. Tout le monde fait des vœux et espère. Le nom de Garibaldi est dans toutes les bouches. On l'admire de confiance; que serait-ce, si, comme je viens de le faire, on pouvait étudier ce visage plein de bonhomie et étincelant de génie; admirer ce mélange de bonté et d'énergie qui font de lui une des plus grandes figures de l'époque et le placent au premier rang des gloires humaines.

KERNOS.

Il est évident qu'il ne pontifie pas, comme la plupart de nos prétendus grands hommes.

DE FLOTTE.

C'est qu'il ne se préoccupe que d'une chose, le bonheur des autres. En vérité, cet homme est un enchanteur, un poëte, un prédestiné.

KERNOS.

Te voilà bien! à t'entendre, on te prendrait pour un mystique, comme l'ont fait certains de tes détracteurs qui n'ont pas trouvé d'autre reproche à t'adresser. (Regardant vers le fond à gauche.) Mais il me semble qu'il y a bien du monde là-bas, vers la plage. Qu'est-ce qui se passe donc? Allons voir, veux-tu?

> Ils sortent par le fond à gauche. Costa et Villa les suivent de l'œil, et vont pour sortir du jardin; ils voient Garibaldi revenant et portant quelque chose sous son puncho.

Musique.

SCÈNE XXI

VILLA, COSTA, GARIBALDI regagne sa chambre, glisse sous sa couverture le paquet qu'il apportait, prend la tasse de lait et se penche sur le lit, tournant presque le dos au public. — Il quitte son puncho et le jette sur le lit, puis se prépare à se coucher.

COSTA.

A l'autre, maintenant. Dérobons-nous. (Quand Garibaldi a disparu dans la maison.) Qu'est-ce qu'il rapporte ainsi, sous son manteau?

VILLA.

Sans doute l'argent qu'il est allé chercher dans sa cachette et dont il aura besoin demain matin pour payer tous ces gens-là, qui, si bons républicains qu'ils soient, ne travaillent pas sans qu'on les paie, va.

COSTA, montrant la coulisse à droite.

Regarde donc par là; que de lumières! que de monde!

SCÈNE XXII

LES MÊMES, KERNOS, revenant précipitamment et entrant dans la chambre de Garibaldi; puis DE FLOTTE, BALILA et PAOLA, travestie avec la chemise garibaldienne et un chapeau pareil à celui de Balila.

KERNOS.

Comment, vous n'êtes pas encore au lit?

GARIBALDI, posant la tasse de lait sur la table.

Non; qu'est-ce qu'il y a donc?

KERNOS.

Une masse de gens qui viennent de la Madeleine.

GARIBALDI, prenant l'agneau roulé dans son puncho et le tendant à Kernos.

Tenez; reportez-le bien vite à sa mère! Elle doit être bien inquiète.

KERNOS.

Qu'est-ce? (Il ouvre un coin du puncho et voit l'agneau.) L'agneau! — Ah, c'est trop fort. — Vous êtes retourné le chercher. (Riant, et montrant la tasse de lait.) Et vous lui donniez à téter? Ah, ah, ah.

GARIBALDI, très simplement.

Fallait-il pas le laisser mourir. — Faites vite. — Il est transi de froid, le pauvre petit. — Surtout, tâchez qu'on ne vous voie pas.

KERNOS, en sortant et emportant l'agneau.

Soyez tranquille; soyez tranquille, je cacherai soigneusement votre faute. Ah! ah! ah! (Il sort en riant, et passe derrière la maison.) Ah! le pauvre petit!

SCÈNE XXIII

Des hommes arrivent. COSTA et VILLA se mêlent à eux. — GARIBALDI sort sur la place, et voit entrer d'abord FRUSCIANTI qui rapporte un sac de pain et des provisions. — KERNOS revient un instant après.

GARIBALDI, à Fruscianti.

Te voilà, eh bien, les lettres?

FRUSCIANTI.

Mises dans le sac de la Gulnara.

GARIBALDI.

Bixio était donc arrivé? Comment a-t-il tardé si longtemps à venir?

FRUSCIANTI.

Il m'a dit qu'il attendait quelqu'un qui devait lui
apporter une lettre de Sardaigne, il me suit.

GARIBALDI.

Et qu'est-ce que tu as là, sur l'épaule?

FRUSCIANTI.

Ce que j'ai là? un sac de pain et des provisions,
pardi! S'il faut nourrir demain matin tout ce monde
qui arrive après moi, il n'y en aura peut-être pas encore assez.

Il entre dans la maison.

LA VOIX DE BIXIO, dans la coulisse de gauche.

Général, voici une dépêche de Nullo.

SCÈNE XXIV

LES MÊMES. BIXIO, DES HOMMES, portant des torches.

GARIBALDI, allant à lui.

De Nullo! Donnez, donnez. (Il décachète l'enveloppe. —
Rentrée de Kernos et de tous les visiteurs.) Amis! Grandes et
bonnes nouvelles! (Tout le monde s'approche, et les torches
lui font comme une auréole. Lisant.) « *Palerme est en pleine
insurrection, nos frères de Sicile comptent sur vous.* »
(Parlé.) Nous ne les ferons pas attendre. (S'adressant à tous.)
Soyons prêts à partir dès demain. — Surtout n'ayez avec

3

vous que des gens déterminés, dont vous soyez sûrs. Pas de non-valeurs! La qualité vaut mieux que le nombre. (Apercevant madame Quéroli et Giovanni qui avancent par la gauche au foud.) Mais qui vient là? (Musique. — La foule s'écarte et découvre le groupe de madame Quéroli qui s'avance avec son fils, et derrière eux Balila et Paola en garibaldien.) Grand Dieu, madame Quéroli; cette veuve infortunée. — Elle vient me reprocher la mort de ses enfants: et c'est en ce moment.

SCÈNE XXV

Tous, MADAME QUÉROLI, GIOVANNI.

MADAME QUÉROLI.

Général, trois de mes fils sont morts à vos côtés, pour la patrie. — Il m'en reste encore un; — je vous l'amène.

> Tout le monde se découvre avec admiration. Garibaldi dépose un baiser sur la main de madame Quéroli.

GARIBALDI.

Oh! madame, quelle leçon pour les tièdes qui marchandent leur dévouement à la patrie! Que nous sommes petits, tous, tant que nous sommes, en face de vous! Il faudrait que le monde entier pût vous voir ainsi et vous admirer. (Désignant Giovanni.) Mais celui-ci n'est qu'un enfant; on dirait une jeune fille.

> Il fait un geste négatif de la main.

BALILA, bas, à Paola en la poussant en avant.

Vous avez entendu! Rapprochez-vous d'eux; ne les quittez plus.

GARIBALDI.

Et cette fois, vous resterez seule, toute seule! Non! je ne puis accepter ce sacrifice.

MADAME QUÉROLI.

Je ne veux pas me séparer de lui; moi aussi je veux vous suivre dans votre généreuse entreprise, et si mes mains sont inhabiles à manier une arme, il est d'autres soins qu'une femme peut accomplir, d'autres dangers qu'elle peut affronter.

GARIBALDI, à très haute voix et s'animant de plus en plus.

Et c'est la terre qui porte de pareilles femmes, qu'on a osé appeler une expression géographique, la terre des morts! Ah! que les opprimés se rassurent et que les tyrans tremblent! Les matrones romaines reviennent au milieu de nous pour faire honte aux timides et aux couards. (Désignant Paola et Giovanni.) Les descendants des Quirites entrent dans la carrière pour venger leurs pères et leurs aînés tombés en combattant. — Mort aux tyrans et aux étrangers qui souillent le sol de notre belle patrie, et honte aux lâches qui les supportent! (S'adressant à ses amis.) Que chacun de vous retourne auprès de son groupe et le prépare au départ. — Il ne faut avec nous que des hommes résignés au dernier sacrifice, des patriotes qui aient fait un pacte avec la victoire ou avec la mort : nous ne vaincrons qu'à ce prix.

Il va de droite à gauche, examinant ses amis et comme les passant en revue.

MADAME QUÉROLI, considérant Paola et Giovanni.

Pauvres enfants!

GARIBALDI, s'arrêtant au milieu.

Dites bien à tous nos amis que je n'ai à leur promettre que des fatigues inouïes sous un soleil brûlant, des jours sans pain, des nuits sans sommeil. Si nous

réussissons, peut-être des calomnies, à coup sûr l'ingratitude nous attendent à la dernière étape ; — si nous
sommes vaincus, l'exécution sommaire au bord d'un
fossé. — Laisser après eux de vieux parents qui vont à la
tombe sans pouvoir s'appuyer sur le bras d'un fils, des
orphelins qui grandissent sans père et que les veuves
élèvent pour les venger, voilà le lot des volontaires.
— Qu'importe ! Tous ceux qui estiment que la liberté est
le premier des biens nous suivront. — Bixio, combien
avez-vous d'hommes ?

BIXIO.

Deux cent cinquante. Menotti en a trois cents.

GARIBALDI, continue en comptant sur ses doigts.

Vous, Stocco ?

STOCCO.

Cent vingt.

GARIBALDI.

Tuckery ?

TUCKERY.

Cent.

GARIBALDI.

Pear ?

PEAR.

Tout seul.

GARIBALDI.

De Flotte ?

DE FLOTTE.

Soixante.

GARIBALDI, à un homme du peuple.

Et vous ?

L'HOMME DU PEUPLE.

Deux cents.

GARIBALDI.

Mille ! — mille ! C'est peu ; mais les Fabius étaient moins encore, et ils furent le levain de colère et de justice qui souleva l'indifférence des masses. (S'adressant à Kernos.) Les anciens officiers supérieurs vont redevenir de simples capitaines de compagnie et feront le coup de feu comme leurs soldats. — Amis, notre expédition s'appellera dans l'histoire, la campagne des Mille. — Et maintenant, au repos, à demain les fatigues.

TOUS, agitant leurs chapeaux, pendant qu'il va vers la maison.

Vive Garibaldi !

GARIBALDI, revenant sur ses pas et avec une grande douceur.

Amis, criez plutôt, vive la mère des Quéroli !

TOUS.

Vive Garibaldi ! vive la mère des Quéroli !

MADAME QUÉROLI, avançant de quelques pas.

Non ! — Vive la liberté !

Cri général et répété de : Vive la liberté !

Rideau.

ACTE DEUXIÈME

DEUXIÈME TABLEAU

CALATAFIMI

Petit jour du matin. — A gauche, un coin de la ville de Calatafimi, avec une grande porte dans le mur d'enceinte vers laquelle on monte par un plan incliné. — De chaque côté de la porte, une pièce d'artillerie, près desquelles un garibaldien est de garde. — A droite et à gauche, sur le premier plan, autres pièces d'artillerie, des faisceaux d'armes. — Groupes de soldats couchés. — A droite, dans un des groupes, on fait du café avec une marmite de campagne. — Quelques blocs de rochers praticables sur la droite. — Au fond, à droite, une allée de peupliers. — Au fond, des montagnes. — Au lever du rideau, un trompette sonne la diane de Calatafimi. — On se remue dans les groupes. — Les soldats roulent et bouclent leurs couvertures, quelques chevaux entravés au second plan, à droite.

SCÈNE PREMIÈRE

DES SOLDATS couchés, — quelques-uns assis faisant le café. — A gauche, adossés à l'affût d'une pièce d'artillerie, dorment PAOLA et GIOVANNI ; il a un bandeau autour de la tête.

— GASPARD, sa couverture passée comme un puncho, monte la garde devant les faisceaux de la compagnie française. BIXIO, boit à une tasse de café en fer-blanc.

GASPARD, se promenant de droite à gauche, et regardant Bixio.

Brrr... Ah! ce n'est pas comme à Satory, ni aux grrrandes revues du Champ de Mars; ça manque de cantinières, ici...

BIXIO.

Mon garçon, Garibaldi n'en tolère pas au milieu de ses volontaires.

GASPARD, avec un air de convoitise.

C'est bon pour la santé, n'est-ce pas, capitaine, une tasse de café, bien chaud, le matin à l'aube, surtout le lendemain d'une bataille?

BIXIO.

Mais oui, c'est surtout très hygiénique.

GASPARD.

Ah! c'est hygién...

BIXIO.

Si le cœur vous en dit?

GASPARD.

Sans doute ; mais...

BIXIO.

Mais quoi?... Vous n'êtes pas de cette gamelle... Attendez...

Il va au groupe, se fait remplir de nouveau sa tasse et l'apporte à Gaspard.

GASPARD.

Merci, capitaine. (Il souffle sur la tasse, et boit, puis pas-

sant sa main de la gorge à l'estomac.) Ah! ça fait du bien
par où qu'ça passe. Merci; vous n'êtes pas fier, vous,
pour un capitaine.

BIXIO.

Pas fier?... Mais ne sommes-nous pas tous frères,
ici? Le grade ne rapporte que des obligations de
plus à celui qui en est investi.

GASPARD.

C'est vrai, ça. Et hier, à mon premier combat, j'ai
bien vu que les officiers, comme les autres, faisaient
le coup de fusil. — Rude journée pour mon début. Ah!
il faisait chaud, et je ne sais vraiment pas comment
nous sommes arrivés ici, sous ce feu terrible.

BIXIO.

Bah! Vous en verrez bien d'autres.

GASPARD.

Comment, j'en verrai bien d'autres; mais, ça n'est
déjà pas trop mal comme ça. — Je me faisais une tout autre idée des batailles, moi. Je me représentais les généraux, une main derrière le dos, un télescope à l'œil, le
chapeau brassé carré, faisant des effets de torse, quoi!
— Mais quand on voit Garibaldi lui-même marcher au
premier rang, entouré de vieux amis qui vont toujours
de l'avant et qui, sans se soucier des balles, semblent
ne songer qu'à préserver leur chef; quand, derrière
lui, on voit des enfants, comme ces deux-là... (Il montre
Paola et Giovanni.) Ne dirait-on pas deux chérubins? Je
me croyais un des jeunes de l'expédition, mais, ceux-
ci, ils sont si jeunes que je pourrais presque être leur
père. — Quel joli groupe! ils sont à croquer. On en
mangerait sur du pain, quoi!

Il va remettre sa tasse aux faiseurs de café et revient à
droite.

BIXIO.

Ils sont jeunes et faibles, en effet ; mais ils ont, eux, des pères ou des frères à venger, tandis que vous, Français, aussi jeune qu'eux peut-être...

GASPARD, faisant mine de friser une moustache absente.

Moi, Français ? Aussi jeune qu'eux ? — D'abord, je ne suis pas si jeune que ça. Français, dites-vous ? Ah ! notre capitaine et moi, depuis décembre 51, nous ne sommes guère plus Français, que vous n'étiez Italiens vous autres, quand, exilés de votre patrie par les tyranneaux de Modène et de Parme et par... le P... par l'autre... (Il guigne de l'œil.) vous savez ce que je veux dire ? (Bixio fait signe de la tête que oui.) vous cherchiez un refuge en France, et veniez sur nos boulevards et dans nos clubs prendre des leçons... d'indépendance. — A propos, c'était-y un de vos parents qu'était à Paris à ce moment-là, un ancien du provisoire de 48 ?

BIXIO.

C'était mon frère.

GASPARD.

Mon compliment, capitaine... Un vrai Français aussi, celui-là, oh ! un lapin !

BIXIO.

En 51 ? Mais quel âge avez-vous donc ?

GASPARD.

Vingt-deux ans, capitaine.

BIXIO.

On ne le dirait pas ; alors en 51 vous aviez...

GASPARD.

Oh ! l'âge n'y fait rien. A preuve qu'au 2 décembre, derrière une barricade où je flânais... en curieux, sans armes, j'ai pas eu la peine de décliner mon état civil

3.

ni mon âge ; j'ai été ramassé comm' çà dans le tas, avec
les barbes grises... et ahi donc, là, embarqué pour
Belle-Ile. — C'est là que j'ai connu not' capitaine de Flotte.
— On sait son histoire, allez... puisqu'on en fait partie.

*Un piquet vient relever la sentinelle qui est près de la porte
de Catalafimi.*

BIXIO.

Ah ! vraiment camarade, tu... oh !

GASPARD, se rengorgeant.

Faites pas attention. Oui, camarade. (Il porte, confus, la
main à son fez.) Oh ! pardon.

BIXIO, souriant.

Ne faites pas attention. Allez toujours.

GASPARD.

Au fait, comme je le disais, entre officiers et soldats,
ici, la différence n'est pas grande ; il y a surtout une
chose qui rapproche singulièrement les distances.

BIXIO.

Et cette chose, c'est?...

GASPARD.

C'est la solde donc !

BIXIO.

Vraiment ! Comment ça ?

GASPARD.

Vous n'avez donc pas lu la proclamation que voilà
affichée là-haut ? (Il montre la porte de la ville en remontant un
peu, puis vient se replacer à gauche.) Ah ! il ne perd pas son
temps, le père Galibardo, comme l'appellent ces braves
Siciliens, représentant la réserve, que nous avons ra-
massés sur la route de Marsala jusqu'ici ; et qui, hier,
faisaient en arrière de nous, là-haut sur les montagnes,
comme qui dirait des figurants du cirque...

Galibardo, (Il rit.) y saiv' pas seul'ment leur langue.
— T'nez, je l' parle mieux qu'eux, l'italien, — moi, —
et avec l'accent encore. (Il marche vers la droite et revient en
disant.) écoutez : Ga-ri-bal-di : C'est-y ça? eh ben, ils ne
sont pas seulement f... fichus d'le dire comm' moi...

BIXIO, approuvant en souriant.

Et cette proclamation, qu'est-ce qu'elle dit?

GASPARD, majestueusement.

Elle dit comm' ça : que pendant toute la campagne,
les officiers, depuis les généraux jusqu'aux simples
sous-lieutenants, toucheront (Enflant la voix.) la haute
paie de quarante sous par jour. — V'lan.

SCÈNE II

LES MÊMES, UN OFFICIER GARIBALDIEN, porteur d'ordres, arrive par la droite, s'arrête un moment, en voyant
BIXIO en train de causer, puis se rapproche peu à peu.

BIXIO.

Eh bien ! ça vous étonne? c'est toujours comme ça,
parmi nous. Si l'on tombe en route, ça fait des écono-
mies pour la caisse de l'armée; si l'on va jusqu'au
bout, on touche l'arriéré à la fin de la guerre, sinon, on
l'envoie aux veuves, aux orphelins...

GASPARD.

Ça c'est une consolation; on doit mourir plus tranquille quand on sait que le gouvernement vous sert
de caisse d'épargne.

BIXIO.

Le gouvernement n'y est pour rien. Ça se passe entre nous, on se cotise. (Il aperçoit l'officier, reçoit de lui des plis qu'il examine un instant, et lui dit en s'en allant.) C'est bon ; attendez ici la réponse.

Il sort par la droite en arrière de la compagnie française.

SCÈNE III

LES MÊMES, moins BIXIO.

GASPARD, se grattant le front et allant de droite à gauche.

Oui, oui... on se cautérise, quoi ! (Allant vers l'officier). Vous avez ben entendu c' que vient de dire le capitaine ?

L'OFFICIER.

Oui.

GASPARD.

C'est une blague, n'est-ce pas ?

L'OFFICIER.

Une blague ? mais non.

GASPARD.

Il y a donc des capitalistes ici ?

L'OFFICIER.

Oui, tenez (Il montre du doigt la sentinelle qui est près de la porte de Calatafimi.) Voyez-vous ce jeune volontaire qui est de faction près des deux pièces que nous avons prises hier aux Napolitains ?

GASPARD.

Oui.

L'OFFICIER.

Eh bien ! ce soldat, votre camarade, ce simple garibaldien qui touchera, comme vous, cinq sous par jour...

GASPARD.

Oui.

L'OFFICIER.

Il touche en plus de sa famille trois cent trente-trois francs, trente-trois centimes!

GASPARD.

Par an?

L'OFFICIER.

Non.

GASPARD.

Par mois?

L'OFFICIER.

Non.

GASPARD.

Par semaine?

L'OFFICIER.

Non, par jour.

GASPARD, au comble de l'étonnement.

Par jour, pas possible!

Il laisse tomber son fusil sur son pied.

L'OFFICIER.

Allez le lui demander.

GASPARD.

Et il est simple soldat?

L'OFFICIER.

Comme vous; c'est sa première campagne.

GASPARD.

Ah! nom d'un fusil... Et il y a en beaucoup comm' ça,
dans les Mille.

L'OFFICIER.

Mais oui, pas mal.

GASPARD, s'approchant de la sentinelle.

Ah! j' veux l' voir de près, j' veux y toucher.

SCÈNE IV

Rentrée de BIXIO, revenant par la droite, sortie de L'OFFICIER,
entrée de KERNOS suivi à quelques pas de son trompette-ordonnance, et DE FLOTTE, par le plan indiqué au fond, de droite
à gauche.

BIXIO, à l'officier.

Voici des ordres que vous allez transmettre. Et d'a-
bord, ce billet au colonel Orsini, là-bas, près du pont,
où sont les bagages. Allez et au galop.

L'officier sort par la droite, devant. — Musique d'entrée.

KERNOS, lisant des ordres.

De Flotte, voici pour toi. (De Flotte prend et lit.) Allons,
voilà sa manie qni le reprend... Encore parti en avant,
sans même emmener une escorte, avec ses gardes du
corps : Balila et Pear. — Est-ce qu'il croit que la carabine revolver du brave Balila et le rifle à lunettes de cet
original de Pear suffiront à le défendre?

DE FLOTTE.

De qui parles-tu?

KERNOS.

De qui veux-tu que je parle sinon du général? Il finira

par tomber dans quelque embuscade, et alors, c'est fini de nous et de la délivrance de la Sicile.

DE FLOTTE.

Oh, ce n'est pas comme ça qu'il finira; la providence veille sur lui.

KERNOS.

Allons, bon ! Te voilà, toi aussi, avec la providence.

DE FLOTTE.

Tu n'y crois pas, sois tranquille, ni moi non plus... ! Mais appelle comme tu le voudras cet inconnu qui veille sur la vie de certains hommes jusqu'à ce qu'ils aient accompli leur mission. — Cet inconnu, n'est-ce pas lui qui, après notre départ de la villa Spinola, a fait que nos munitions, volées par des bateliers...

KERNOS.

Ou par des agents payés avec l'or des diplomates...

DE FLOTTE.

N'importe ; que nos munitions volées nous ont obligés d'aller en chercher de nouvelles à Talamone, ce qui nous a fait échapper à l'escadre napolitaine qui nous guettait sur le chemin direct de Gênes à Palerme?

KERNOS, impatienté.

Va, va toujours, continue.

DE FLOTTE, insistant.

Non ! mais en vérité, tu regardes cela comme des accidents naturels, toi... Et ce matelot tombé à la mer, qui nous a fait perdre deux heures en route? Juste le temps que les stationnaires de Marsala ont mis à nous rejoindre dans ce port, pendant que nous mettions à terre nos hommes et les bagages de l'expédi-

tion? — Heures de retard sans lesquelles nous tombions
en plein au milieu d'eux.

KERNOS.

Je conviens que si nous avions trouvé là les stationnaires, nous serions tous, toi, moi, et bien d'autres
encore, depuis quatre jours, à sécher, le ventre au
soleil, sur la plage de Marsala ou au bout d'une vergue.
Mais tout ça ne prouve pas que Garibaldi n'ait pas tort
de s'exposer ainsi, comme un simple chef d'escouade.
— Le devoir d'un général est de se conserver, autant que
possible pour le salut de tous. — Enfin, il n'y a pas à
discuter, entendre c'est obéir. Voici ce qu'il me dit :
(Lisant.) « *De Partinico...* » (Parlé, en secouant la tête.) A
plus de trente kilomètres d'ici, déjà. (Lisant) « *L'ennemi, en se retirant vers Palerme, saccage et brûle
tout sur son passage. En marche de suite; il faut le
gagner de vitesse.* » (Il fait signe à son trompette-ordonnance.) Sonnez le rassemblement. (Le clairon se met à son-
ner, la sonnerie se répète en s'éloignant. — Lisant.) « *Je vous
attends devant Palerme.* » (Mouvement d'hésitation, puis
parlé.) Devant Palerme? soit! (Lisant.) « *J'envoie à chaque commandant de compagnie des instructions spéciales.
Concertez-vous avec eux, et en avant!* »

De Flotte lui tend le pli qu'il a reçu.

KERNOS, lisant.

« *La compagnie française, arrivée devant Palerme, se portera sur la gauche, après avoir laissé s'engager les carabiniers génois, dont le capitaine, en se repliant communiquera
au commandant de Flotte mes nouvelles instructions.* »

SCÈNE V

Les Mêmes, FRUSCIANTI, PLUTINO et ORSINI,
arrivant brusquement par le premier plan à droite.

ORSINI, à Kernos.

Ah ça! y comprenez-vous quelque chose, vous?

KERNOS.

Quels ordres avez-vous donc reçus?

ORSINI.

On me dit de vous les communiquer... Oh! tout est
bien précisé, mais ça n'est pas plus clair pour moi.
Vous qui avez les ordres généraux, vous m'explique-
rez.

KERNOS.

Je ne vous expliquerai rien du tout, puisque je ne
sais rien... Si le général a envoyé des ordres de détail,
c'est qu'il a tout calculé d'avance, et qu'il réserve à
l'ennemi bien d'autres surprises encore qu'à nous-
mêmes... Mais que vous dit-il?

ORSINI, parlant et lisant alternativement.

Voilà : Je dois marcher en queue de la colonne, avec
mes six pièces amenées d'Italie et les deux de là-
haut. — Emmener aussi les bagages avec deux compagnies de soutien empruntées aux escadrilles de Siciliens; — rester à deux kilomètres en arrière de la colonne,
en laissant un sous-officier près du commandant de
Flotte qui devra m'aviser du moment précis où il com-
mencera son mouvement sur la gauche... Et alors, me
mettre en retraite dans l'intérieur de l'île, vers Cor-

leone, en tirant de temps en temps le canon à blanc. (Lisant.) « *Lorsque je serai poursuivi* » (Parlé.) Il paraît que je serai poursuivi. (Lisant.) « *reculer toujours en m'enfonçant de plus en plus dans les terres, et tirer alors à boulet, tout en refusant toujours le combat.* »

KERNOS, allant vers la gauche, puis revenant au milieu.

Je comprends de moins en moins.

ORSINI, en colère.

Il m'ordonne de tourner le dos à l'ennemi. — Je n'y comprends rien du tout.

KERNOS, voyant Plutino.

Ah! Plutino, vous venez chercher vos ordres de marche?

PLUTINO, s'avançant vers Kernos.

Oui ! quand dois-je commencer mon mouvement ?

KERNOS, consultant de temps en temps l'écrit qu'il a à la main.

Un simple piquet de vos hommes marchera avec nous pour maintenir nos communications. — Vous attendrez que toute la colonne ait défilé par la route, et, alors, vous irez sur les deux côtés, et de crête en crête, dans la direction de Palerme, toujours en vue de la colonne. — Vous rallierez sur nous si vous veniez à être attaqué. — Eclairez-vous bien en avant, et, ainsi que vous le recommande le général, la nuit, allumez, sur une aussi grande étendue que possible, des feux de bivouac. — Vous devez aussi détacher deux de vos compagnies près du commandant de notre artillerie.

PLUTINO.

Elles y sont déjà.

Il s'éloigne par la droite.

KERNOS.

C'est bien. (Se retournant vers les troupes sous les armes.)

Qu'on soit prêt à se mettre en marche. — Orsini, jusqu'à ce qu'on soit sorti de ces défilés, vous ferez traîner vos pièces à bras.

FRUSCIANTI.

Eh bien, et moi?

KERNOS.

Vous, révérend, l'indispensable, vous voilà comme une âme en peine, maintenant que vous avez perdu la piste. Mais rassurez-vous, vous n'avez qu'à suivre la colonne, vous retrouverez le général.

FRUSCIANTI, en s'éloignant.

Ah! qu'il n'aille pas faire quelque maladresse pendant que je ne suis pas là...

SCÈNE VI

LES MÊMES, moins PLUTINO, — COSTA et VILLA,

arrivant par la porte de la ville.

KERNOS, à Orsini en désignant Giovanni et Paola, qui se préparent au départ. — Giovanni toujours assis.

Prenez ces deux braves enfants avec vous et mettez-les sur un de vos chariots à bagages.

PAOLA, s'avançant vers Kernos.

Je vous en supplie, laissez-nous suivre la colonne. On va à Palerme et je veux y entrer un des premiers, pour délivrer mon père, prisonnier des Bourbons.

KERNOS.

Mais, mon enfant, vous le voyez, nous allons partir, et au pas gymnastique. Vous ne pourriez jamais suivre.

Après les fatigues et les dangers de la journée d'hier, votre jeune camarade a besoin de vos soins.

PAOLA, retournant à regret près de Giovanni.

Nous suivrons, s'il le faut, au pas gymnastique, n'est-ce pas, Giovanni?

GIOVANNI.

Oui, nous suivrons.

KERNOS, apercevant Costa qui appuyé sur Villa, a le bras en écharpe.

Tiens! encore un blessé? Je les croyais tous à l'ambulance. (Brusquement à Costa.) Où avez-vous été blessé?

COSTA, avec hésitation.

Ici à l'épaule, par un éclat d'obus.

KERNOS, étonné et soupçonneux, et s'adressant à de Flotte.

Par un éclat d'obus? l'ennemi n'a tiré qu'à mitraille. (S'avançant vers eux et précipitant ses questions.) Je vous demande à quel endroit vous avez été blessé. Comment se fait-il que vous ne soyez pas à l'ambulance? Qui vous a pansé?

COSTA, interloqué et balbutiant.

Là-bas, — hier soir, — près du pont. — C'est mon ami Villa qui m'a fait couler toute la nuit de l'eau fraîche sur l'épaule, car je souffre horriblement.

KERNOS.

Vraiment! vous souffrez tant que ça? (Faisant signe à Orsini.) Chargez-vous aussi de cet individu-là.

COSTA.

Et mon ami Villa, qui m'a si bien soigné?

KERNOS.

Votre infirmier ? Votre ami Villa, aussi.

Il se rapproche d'Orsini et se met à causer avec lui.

COSTA, bas, à Villa.

Tu vois, notre stratagème a réussi. Maintenant, si nous pouvons faire parvenir au comte Corvo l'avis qu'ils sont à peine mille, l'affaire est dans le sac, et comme ça, nous ne perdons pas de vue le faux gari-, baldien Paoli.

VILLA, sournoisement.

Prends garde, on nous observe.

KERNOS, bas, à Orsini.

Je me méfie énormément de ces deux étranges volontaires, — officiers sans troupes ; ayez l'œil sur eux.

ORSINI

Soyez tranquille, (S'approchant de Giovanni et de Paola.) Allons, mes petits amis, en route.

PAOLA, à Kernos.

Oh ! non, colonel, laissez-nous suivre.

GIOVANNI, toujours appuyé sur l'affût de canon.
Ma blessure ne me fait pas souffrir.

Gaspard s'est approché de de Flotte et lui a parlé bas.

KERNOS.

Je vous dis que vous resteriez en route.

PAOLA.

Non, nous marcherons.

DE FLOTTE, à Gaspard..

Tu as une bonne idée... (Il vient près de Kernos et lui dit à mi-voix.) Tu peux me les laisser, ces enfants... puisque je suis d'arrière-garde. — S'ils ne peuvent pas tenir pied, je les confierai dans une maison, sur la route, aux soins de quelque bonne femme.

GASPARD.

Moi, je porterai leurs fusils ; ça fait qu'ils auront l'air de s' ballader, — en touristes, quoi !

KERNOS, à de Flotte.

Tu le veux, soit.

PAOLA, joyeuse.

Merci, colonel.

Elle se met à faire son paquetage.

GIOVANNI, faiblement et en essayant de se relever.

Merci !

COSTA, à Villa, d'un air vexé.

Maledetto ! Voilà notre coup manqué.

ORSINI, à Kernos.

Eh bien ! c'est décidé ?

KERNOS.

Oui.

ORSINI, à Costa et à Villa.

Allons, mes lascars, au fourgon ; — allons, allons.

Orsini, Costa et Villa, sortent lentement.

COSTA.

Nous allons, nous allons, mais pas si vite, car je souffre horriblement.

Gaspard est allé près de Paola et de Giovanni et dispute avec eux pour prendre leurs fusils.

SCÈNE VII

LES MÊMES, moins ORSINI, COSTA et VILLA.

DE FLOTTE.

Allons, Gaspard, à ton rang.

GASPARD, traversant la scène avec les trois fusils.

Rr'chand d' fusils.

KERNOS, à de Flotte.

Tous les mêmes, ces enfants de Paris, ces gavroches héroïques que notre grand poète a immortalisés. (Son trompette lui amène son cheval. — Donnant une poignée de main à de Flotte.) Je te laisse, à bientôt.

Il monte à cheval et sort à droite par le praticable du fond, suivi de son de trompette-ordonnance.

SCÈNE VIII

LES MÊMES, moins KERNOS, puis MADAME QUÉROLI, suivie du porte-sac, venant de droite. — Musique.

PAOLA, à Giovanni.

Ami, lève-toi, courage!

GIOVANNI, se relevant.

Oh! je suis bien, je marcherai.

PAOLA.

Alors, viens.

Giovanni, appuyé sur Paola fait quelques pas ; puis au milieu de la scène, il porte la main à sa tête et tombe dans les bras de Paola qui le soutient.

DE FLOTTE, accourant.

Qu'est-ce qu'il a?

PAOLA.

Ce ne sera rien ; une faiblesse sans doute.

On entend une rumeur dans Calatafimi.

DE FLOTTE.

Heureusement, voici des habitants. Nous pourrons le confier à leurs soins.

PAOLA, penchée vers le visage de Giovanni.

Ami, reviens à toi.

GIOVANNI, à demi évanoui.

Aaah! ma mère!

MADAME QUÉROLI, entrant de droite, sur cette exclamation.

La voix de mon fils!

DE FLOTTE.

Venez, madame, venez vite.

MADAME QUÉROLI, tout en marchant, puis retenue par de Flotte.

J'arrive trop tard. Blessé? à mort peut-être?

DE FLOTTE.

Ne vous alarmez pas, c'est un simple évanouissement. Sa blessure est légère; c'est plutôt l'effet de la fatigue.

MADAME QUÉROLI.

Vous ne me trompez pas?

DE FLOTTE.

Je vous jure.

Elle arrache le bandeau du front de son fils et fait signe au porte-sac qui se met à genou et lui remet des linges et un flacon.

MADAME QUÉROLI, fouillant avec précipitation dans le sac.

Plus vite donc. (Elle approche le flacon des narines de son fils et éponge sa blessure.) Dieu! il ne revient pas à lui. — Eh bien! patrie, les Quéroli ont-ils assez largement payé leur dette?

La rumeur augmente dans Calatafimi, mais encore confuse.

DE FLOTTE, se relevant et s'adressant à l'officier qui est devant le front de la compagnie française.

Que signifie tout ce bruit? On dirait un soulèvement. Attention! apprêtez vos armes. — Lieutenant, prenez quelques hommes et allez voir ce que c'est. (Le lieutenant entre par la porte de Calatafimi suivi de cinq ou six hommes de la compagnie française.) Les réactionnaires essaieraient-ils de faire de l'agitation, maintenant qu'ils croient les troupes parties?

MADAME QUÉROLI.

On va donc se battre encore, ici! Et mon pauvre enfant?

DE FLOTTE.

Attendez, madame, nous allons le mettre à l'abri.

Il s'occupe avec Paola de relever Giovanni à qui ce mouvement fait reprendre ses sens.

PAOLA, joyeuse.

Il reprend ses sens.

GIOVANNI, debout, soutenu par Paola et de Flotte, après un grand soupir.

Aaah! ma mère! *

MADAME QUÉROLI.

Mon fils!... mon Giovanni!... je suis là, c'est moi, regarde-moi.

* Paola, Giovanni, Madame Quéroli, de Flotte.

4

GIOVANNI, revenant à lui et se frottant le front et les yeux.

Où suis-je? — Toi, mère chérie! (Il se jette dans les bras de sa mère.) Je me souviens maintenant; mais pourquoi pleures-tu?

MADAME QUÉROLI.

Ta blessure?

GIOVANNI.

Ma blessure? Mais ce n'est rien. (Les regardant les uns et les autres.) Pourquoi avez-vous tous cet air triste?

MADAME QUÉROLI.

Giovanni!

GIOVANNI.

Tiens! je n'ai plus mon bandeau. (Montrant du doigt une blessure à la tempe.) Ça, vois-tu, mère chérie, c'est le premier baiser des royaux à ton fils, mais je le leur rendrai au centuple, va.

GASPARD, à part.

Est-il crâne.c' moucheron-là!

MADAME QUÉROLI.

Il n'eût pas été juste que la mort l'arrêtât au premier pas. (A de Flotte.) Si je dois le perdre aussi, lui, le dernier, que ce ne soit du moins qu'en le voyant emporter à ses aînés l'annonce de la délivrance de l'Italie pour laquelle ils auront versé tout leur sang. (Serrant Giovanni près d'elle.) Mais alors, c'est moi qui vous vengerai tous.

SCÈNE IX

LES MÊMES, L'OFFICIER, revenant avec SES HOMMES, par la porte de la ville, puis LES FEMMES DE CALATA-FIMI et LE PEUPLE.

DE FLOTTE, à l'officier.

Eh bien! qu'est-ce?

L'OFFICIER.

Rien, capitaine. Cette foule ne nous est pas hostile; elle crie au contraire vive Garibaldi! Écoutez!

Le bruit augmente dans Calatafimi, on entend mêlés ensemble les cris de : Vive Garibaldi! Mort aux sbires! La foule apparaît devant la porte de Calatafimi, tournant le dos au public, et agitant des rameaux verts.

LA FOULE.

Evviva! Viva Garibaldi!

SCÈNE X

LES MÊMES, UNE FEMME DU PEUPLE, descend sur la scène.

DE FLOTTE, à la femme.

Pourquoi ces cris? En faveur de qui cette manifestation?

LA FEMME.

Ce sont des sbires qui n'ont pas eu le temps de suivre la retraite du général napolitain. On les a décou-

verts ce matin dans une cave, et le peuple a fait justice.

> La foule fait irruption. Elle traîne sur une claie le cadavre
> d'un sbire. Des hommes armés de fourches le lardent en-
> core. Cris de : Vive Garibaldi ! A mort les sbires !

DE FLOTTE.

Malheureux ! ne mêlez pas ces deux cris.

LA FEMME.

Mais ce sont des sbires qui ont fait envoyer nos frères au bagne ou à la potence.

> Un homme lève sa fourche pour frapper.

MADAME QUÉROLI, arrêtant son bras.

Ne ternissez pas par des excès le jour où vous re-
naissez à la liberté. — Ils sont morts, ne souillez pas vos
mains par le contact de ce sang maudit. — Hier vous
étiez des opprimés, aujourd'hui vous êtes des hommes
libres, des citoyens.

LA FEMME DU PEUPLE.

Ah ! mais.

LA FOULE.

Mort aux sbires ! Mort aux sbires !

MADAME QUÉROLI.

Combattez par tous les moyens vos ennemis debout,
par tous les moyens, entendez-vous ! N'ayez pour eux
que de la pitié ou du mépris quand ils sont à terre. —
Femmes de Sicile, Italiennes, mes sœurs, vous dont les
aïeux firent les Vêpres et, dans une heure de colère patriotique, anéantirent jusqu'au dernier toute une armée
d'oppresseurs étrangers, donnez à vos pères, à vos fils,
à vos fiancés, l'exemple des vertus républicaines. —
Dites-leur que si l'on doit frapper sans merci un ennemi
arrogant, il faut pardonner quand il est vaincu.

> On emporte le cadavre et la claie.

LES FEMMES CALATAFIMIENNES.

Elle a raison.

GASPARD.

Eh oui ! elle a raison, la dame, il faut laisser c'te besogne... aux équarisseurs.

BIXIO.

Allons, en route.

MADAME QUÉROLI, à gauche devant avec Giovanni et Paola ; en arrière d'eux la population de Calatafimi.

Si tu tombes désormais, je serai près de toi, nous ne nous séparerons plus !

Le défilé commence. — Musique de l'hymne de Garibaldi ou de la cantate italienne.

ORDRE DU DÉFILÉ.

1° LES CARABINIERS GÉNOIS PORTANT L'ARME HORIZONTALE A LA MAIN DROITE, ET A LEUR TÊTE BIXIO.

2° LES PICCIOTTI, BÉRET ANGLAIS, L'ARME A L'ÉPAULE, RETENUE PAR LA BRETELLE.

3° LES PIÈCES D'ARTILLERIE TRAINÉES PAR LES HOMMES DU PEUPLE ET SUIVIES CHACUNE, D'ABORD DE QUELQUES ARTILLEURS, PUIS D'UN PIQUET DE SICILIENS. — A LA DERNIÈRE, FRUSCIANTI POUSSE A LA ROUE DE LA PIÈCE.

A ce moment, madame Quéroli va se placer au milieu de la ligne du défilé.

4° LA COMPAGNIE FRANÇAISE AVEC LE FEZ DES ZOUAVES.

4.

GIOVANNI, à Paola au moment où Gaspard, le dernier de la
        compagnie française, passe devant eux.

Et nos armes?

> Paola lui montre Gaspard, ils reprennent leurs fusils. — Gio-
> vanni, Paola et madame Quéroli réunis accompagnent la co-
> lonne pendant que les femmes, derrière les rochers et sur
> le bord de la porte, agitent leurs mouchoirs et des bran-
> ches d'arbres en criant : Evviva, chaque fois qu'un nou-
> veau détachement passe.

> Les carabiniers génois et les Picciotti qui ont eu le temps de
> revenir recommencent à défiler pour que la scène soit en-
> core garnie quand le rideau baisse.

Rideau.

TROISIÈME TABLEAU

LA PLACE VIGLIENA A PALERME

La scène représente une place à Palerme. — Au fond et au milieu, le
café de la Trinacria, et des deux côtés des hôtels particuliers.
— A droite, le municipe, avec une grande porte, plein cintre,
surmontée d'un balcon devant lequel sont les armes de la Trinacria. — Une lanterne allumée pend à la clef de voûte sous la
porte. — A gauche, des maisons particulières. — Sur les deux
coins de rue, la plaque : RUE DE TOLÈDE, et au-dessus deux
réverbères allumés, dont celui de gauche est brisé. — Au milieu
de la place, une fontaine avec deux marches pour y arriver. —
La scène n'est éclairée que par les trois lanternes.

SCÈNE PREMIÈRE

Deux sentinelles napolitaines devant la porte du municipe. — Un
brigadier de police est debout sous la porte du municipe. — Au
lever du rideau, une patrouille napolitaine passe de gauche à
droite, écoutant aux portes.

MISS STRONG, puis NULLO, Un Palermitain, Deux
Agents de Police et Le Brigadier.

LE BRIGADIER DE POLICE, s'avançant vers miss Strong qui
arrive de gauche devant, et regarde comme cherchant son chemin.

Où allez-vous?

MISS STRONG, pose d'Achille, son ombrelle à épée ouverte, en
guise de bouclier, la dague à la main.

Tochez pas, tochez pas! — Sioujett britannik, — ri-
poorteur du Taïm's... Le journal le mieux informé
du monde *.

LE BRIGADIER.

Où logez-vous?

MISS STRONG.

Trinacria haûtel.

LE BRIGADIER.

Vous avez un passeport?

MISS STRONG.

Yes, voilà.

Elle pique son passeport au bout de la dague et le tend.

LE BRIGADIER, après avoir examiné le passeport.

C'est bien... Mais pourquoi allez-vous ainsi, la nuit?

* Les mots sont écrits comme ils doivent être prononcés.

MISS STRONG.

Cela ne regardait pas vô... (Refermant l'ombrelle, et se ravisant.) Ah ! si cependant. (Donnant une pièce de monnaie.) Je vôlai sortir de le ville, aller dans la caimpaign.

Les deux agents de police apparaissent sur la porte du municipe.

LE BRIGADIER.

Ça ne se peut pas.

MISS STRONG, donnant une seconde pièce.

On ne pôvait pas ?

LE BRIGADIER.

Dame ! c'est bien difficile.

MISS STRONG, donne une troisième pièce de monnaie.

On pôvait ?

LE BRIGADIER.

Vous m'en direz tant. — Tenez, voilà un laisser-passer.

Il lui remet une carte de police.

MISS STRONG.

Vouat is zat ?

LE BRIGADIER.

Comprends pas... On croira que vous êtes de la police.

MISS STRONG.

Ahoù choking !

LE BRIGADIER.

Il n'y a pas moyen autrement.

MISS STRONG, en prenant son parti, met le ticket à la boutonnière de son waterproof et s'en va par la droite, — Nullo et le Palermitain arrivent par la gauche au fond ; le brigadier fait signe aux deux agents qui se précipitent sur eux. Le Palermitain fuit par le fond à gauche, Nullo est saisi par les deux agents qui l'amènent sur le devant de la scène *.

* Nullo entre les deux agents, le brigadier.

NULLO.

Que me voulez-vous? Pourquoi m'arrête-t-on?

LE BRIGADIER.

Pourquoi votre ami s'est-il enfui?

NULLO.

Mais ce n'est pas mon ami, je ne le connais pas.

LE BRIGADIER.

C'est bon! Tenez-le bien, vous autres... Vos papiers?

NULLO.

Je n'en ai pas.

LE BRIGADIER.

Fouillez-le.

NULLO, résistant.

Mais, enfin!

LE BRIGADIER.

Silence! sinon, la coiffe.

PREMIER AGENT, remettant au brigadier, qui l'empoche, le
porte-monnaie de Nullo.

Il n'y a pas de papiers.

LE BRIGADIER.

Oh! oh! c'est bien plus louche... Au poste!

Pendant qu'en emmène Nullo, Talarico, le chapeau à la main,
se relève de derrière la fontaine et s'approche de Corvo
qui arrive par la gauche au fond.

SCÈNE II

CORVO, TALARICO, tendant la main, puis FORESTA,

sortant du municipe.

TALARICO, à Corvo.

La charité.

CORVO.

Toi ici, misérable! et tu mendies? Est-ce là ce que t'ont rapporté tous tes crimes?

TALARICO.

La charité.

CORVO, comme se ravisant et emmenant Talarico vers le fond à gauche où il lui remet de l'argent.

Ecoute, tu peux les racheter.

Talarico sort.

FORESTA, sortant du municipe et s'adressant au brigadier.

Qu'est-ce que le dernier que vous avez coffré?

LE BRIGADIER.

Je n'en sais rien, général, il n'a aucun papier sur lui.

CORVO, revenant près d'eux.

Diable! c'est grave ça .. Et l'autre?

LE BRIGADIER.

On a trouvé sur lui ce morceau de journal.

CORVO.

Voyons; le *Movimento de Gênes?* Ah! son affaire est claire à celui-là... Qu'on transfère au fort de Castellamare tous ceux qui ont été pris cette nuit; j'irai ce matin les interroger.

> Le brigadier entre au municipe d'où sortent quelque temps après Nullo et sept à huit hommes de conditions diverses, et les mains liées derrière le dos. Trois ont la tête enveloppée d'un sac; ils sont escortés par des soldats plus nombreux qu'eux, et précédés des deux agents, le revolver au poing. — Sortie par le devant à gauche.

FORESTA, à Corvo.

Est-ce que parmi vos prisonniers, vous avez ce malandrin, ce Nullo, le complice des émigrés de Gênes, dont on nous a signalé la présence en Sicile depuis un mois environ?

CORVO.

Non; pas encore.

FORESTA.

A quoi sert donc cette foule d'agents? On les croirait les complices des insurgés... Ils ne rendent aucun service.

CORVO, indigné.

Aucun service? Mais, est-ce que ce n'est pas les agents Costa et Villa qui nous ont informés de l'envoi de Nullo, ici, par ce forban de Garibaldi? — Est-ce que ce n'est pas eux qui nous ont expédié la lettre chiffrée de cet assassin de Mazzini qui, plagiant le Dante, écrivait à son compère qu'il faut faire l'Italie, quand ce serait le diable?

> Le brigadier fait le geste de conjuration de la jettature.

FORESTA.

La belle affaire! Qu'est-ce que tout cela nous apprend? — Et c'est pour un tel résultat que vous entretenez ainsi des agents à l'étranger? Vous en êtes, vous, élevé à la bonne école, à savoir que ce nom de

Mazzini, écrit au crayon sur leurs correspondances, n'est qu'un signe de reconnaissance, comme un timbre officiel? — Et malgré tout vous n'avez pas pu vous emparer de ce Nullo, vous ne savez même pas où il est, ce qui serait nécessaire, car d'après les dépêches saisies à Caprera, il n'est qu'un avant-coureur ; et nous pourrions, si nous avions sa piste savoir où Garibaldi et les siens doivent aller. — Décidément la police napolitaine n'est pas forte !

CORVO.

Pas forte ! ce n'est pas notre faute, à nous, si les résultats ne sont pas meilleurs ; —il y a longtemps que ce serait fini si l'on nous avait écoutés. — Mais voilà ! On met au second plan les ressources diplomatiques ; on veut relever le prestige de l'armée et laisser à elle seule la gloire de sauver la couronne. — Et avec ça nos troupes ont été battues à Calatafimi.

FORESTA, violemment.

Ce n'est pas vrai ! Landi n'a pas été battu. Vous n'avez donc pas lu son rapport ?

CORVO.

Oh ! son rapport ?... Vainqueur ou vaincu, ce n'est toujours pas Garibaldi qu'on aurait rencontré à Calatafimi, si l'on nous avait laissé faire ; et il y a longtemps que ce mécréant aurait rendu ses comptes devant l'Eternel...

FORESTA.

Rassurez-vous. Nous les tiendrons tous bientôt ; et l'exemple que nous ferons dans chacune des villes du royaume des Deux-Siciles, nous débarrassera pour longtemps des velléités d'indépendance de tous ces prétendus patriotes.

CORVO.

Comme si l'on pouvait être patriote quand on n'est pas soumis à son roi, au représentant de Dieu sur la terre. (Coup de canon au loin. — Mouvement d'étonnement.) Qu'est-ce que c'est que ce coup de canon?

FORESTA.

Sans doute quelque bande de ces insurgés qui rôdent autour de Palerme, depuis que nous avons incendié la ville de Carini, pour leur servir de leçon, et que ce bruit suffira à disperser... (Il lui tend un pli.) Tenez, voici une proclamation qu'il faudra faire imprimer et afficher avant le jour.

CORVO, s'approchant du réverbère de droite et lisant.

« Les bandes de Garibaldi, attaquées avec impétuosité par les troupes royales, ont été délogées de leurs positions; toujours poursuivies elles fuient en désordre à travers le district de Corleone. — Les insurgés qui s'étaient réunis à lui sont dispersés et rentrent dans leurs villages, découragés et abattus. — Les troupes royales continuent leur poursuite. » (Revenant lentement vers Foresta.) C'est bien vrai, ça?

FORESTA, avec emphase.

Puisque c'est officiel!

CORVO, joyeux.

Alors, ces garibaldiens qui sont venus, avant-hier, jusqu'ici, près de Palerme, et avec lesquels nos troupes ont eu un engagement sérieux, ils sont tous pris, tués ou en fuite?

FORESTA.

Et loin d'ici... puisque je vous dis qu'on poursuit les débandés dans le district de Corleone.

CORVO.

Enfin, voilà une bonne nouvelle. (Deuxième coup de canon, Corvo sursaute.) Encore?

5

FORESTA.

En vérité, c'est bien la peine de tirer le canon, pour
une douzaine d'insurgés ou de maraudeurs!

Troisième coup de canon.

CORVO.

Décidément, ils sont fous, aux avant-postes!

FORESTA, passant à droite.

Oh! oh! je mettrai bon ordre à ça, dès ce matin.

Trois coups de canon coup sur coup.

SCÈNE III

LES MÊMES, UN DRAGON démonté venant de droite,
devant; puis UN OFFICIER NAPOLITAIN. Les agents sortent
du municipe avec des soldats.

FORESTA, au dragon.

Pourquoi arrivez-vous ainsi, à pied?

LE DRAGON, de droite devant.

Mon cheval a été tué.

FORESTA.

Tué? comment?

LE DRAGON.

Hors des murs, par l'ennemi; en venant apporter
cet ordre au général Foresta.

FORESTA.

Au général Foresta? donnez. (Il lit un moment, puis s'é-
crie.) Comment? on me demande des renforts? Hors
des murs. — Mais ils sont déjà plus de vingt mille hommes dehors; et hier dans l'après-midi, j'ai fait balayer
tous les environs à plus de six lieues de distance, sans
qu'on ait trouvé trace des insurgés. (Passant à gauche.)
Ils ont tous pris la fuite avec Garibaldi... et l'on me

demande des renforts? — Ah ! mais non, je ne vais pas, comme ça, dégarnir l'intérieur de la ville ; il me faut mes troupes pour contenir la population. — Qu'ils se débrouillent dehors, ils sont assez nombreux pour ça !

UN OFFICIER, arrivant en courant, de droite devant.

Général, nous sommes attaqués à la porte Termini.

Les coups de canon se succèdent plus rapprochés.

FORESTA, allant successivement de droite à gauche.

Attaqués! à la porte Termini? comme ça, la nuit? Mais ça ne se fait pas ; — on n'attaque pas ainsi la nuit. On voit bien que ce ne sont pas des troupes réglées, et qu'il n'y a là que des émeutiers, des révolutionnaires. (On commence à entendre au loin à droite le pétillement de la fusillade, des rumeurs confuses; quelques blessés et des fuyards arrivent par le devant, à droite.) Est-ce qu'ils vont laisser ces démons entrer dans la ville, maintenant?

L'officier va vers le municipe d'où sortent les soldats napolitains et le tambour qui se met à rouler.

CORVO, tremblant.

Général, nous ne sommes plus en sûreté, ici. Songez qu'il faut, avant tout, mettre à l'abri de toute atteinte le principe de la royauté et ses représentants.

La fusillade devient plus claire. — Nouveaux fuyards et blessés arrivent.

FORESTA, aux hommes qui sont devant le municipe, en leur désignant la droite, devant.

Barrez cette rue, vous autres.

FUYARDS.

Les voilà, les voilà!

FORESTA.

Qui ça, les voilà?

LE BLESSÉ.

Les garibaldiens.

FORESTA,

Les garibaldiens? Allons donc, ils sont loin, en fuite, dispersés !

LE BLESSÉ.

Ça n'empêche qu'ils sont là, sur nos talons.

FORESTA, aux soldats qui se sont placés en écharpe, devant la coulisse de droite.

Feu donc !

Décharge générale des soldats, qui reculent ensuite derrière la fontaine.

CORVO, à Talarico, sur le devant à gauche.

Tu m'as compris ? Quel que soit celui qui commande les envahisseurs, va et frappe. — Viens ensuite chercher ta récompense, dont ceci n'est qu'une faible partie.

Ils sortent par le fond, Corvo à gauche, Talarico à droite.

SCÈNE IV

Arrivée des premiers garibaldiens, baïonnette en avant, par la droite, derrière eux GARIBALDI, à cheval, le sabre au clair, puis la COMPAGNIE FRANÇAISE et DE FLOTTE. Après eux, KERNOS, BALILA, FRUSCIANTI et PEAR, GASPARD, UN SOLDAT DE LA COMPAGNIE FRANÇAISE, puis GIOVANNI.

GARIBALDI.

Rendez-vous ; bas les armes ! (Quelques Napolitains lèvent la crosse en l'air ; les garibaldiens s'avancent pour les faire prisonniers ; au moment où ils approchent, deuxième décharge des Napolitains derrière la fontaine et au fond, à gauche.) Plus un coup de fusil... A la baïonnette! éventrez-moi ces traîtres! (Mêlée confuse, les Napolitains reculent et disparaissent par le fond à gauche, les garibaldiens les poursuivent à la baïonnette. — Garibaldi au milieu de la scène, aux autres garibaldiens et à la compagnie française.) Là, gardez cette rue; des sentinelles aux avancées. (Les coups de fusil s'éloignent vers la gauche et deviennent de plus en plus rares. — Garibaldi descend de son cheval qu'on désselle, Fruscianti fait déposer la selle sur les marches de la fontaine. — Montrant le municipe.) Occupez ce monument et barricadez-vous. (Montrant les deux rues de gauche.) Qu'on barricade aussi ces deux rues *.

DE FLOTTE, à Gaspard.

Tu entends; les barricades. ça te connaît.

GASPARD, mettant son fusil en bandoulière.

Ah! on va s'en payer une tranche. (A ses camarades.) Enlevez-moi tous ces pavés, vous autres. (Regardant à terre.) Mais y en a pas d' pavés; c'est des carreaux, comme dans les églises, en v'là du luxe!

DE FLOTTE, montrant les maisons à gauche.

Là, dans les maisons, tu trouveras des meubles.

GASPARD, à ses amis.

Allons! les copains, à l'ouvrage. (Ils cognent aux portes.) Tu veux pas ouvrir? attends voir un peu que je voie. (Essayant de pousser la porte de l'épaule.) Pas moyen de moyenner. Non, tu veux pas. (Feignant d'appeler.) Eh là-bas, apportez de la paille et des allumettes. (La porte s'entr'ouvre.) A la bonne heure! — Oh! elle est bien bonne tout de même. Ils ont eu peur d'être enfumés. — Ça a réussi tout de même. — Allons-y gaiement.

* Gaspard, de Flotte, Garibaldi, Kernos, Fruscianti, Balila et Pear en arrière, près des marches de la fontaine, à gauche et au fond, garibaldiens l'arme au pied.

Ils entrent dans les maisons, d'où l'on ressort avec des meubles, des tonneaux, on jette des matelas par les fenêtres, on les dispose par-dessus les meubles. On voit des habitants placer sur leurs portes des écriteaux sur lesquels on lit : — SUJET SARDE. — SUJET ANGLAIS. — SUJET AMÉRICAIN.

KERNOS, à Garibaldi.

Eh bien ! nous y voilà. Pour des gens qui n'en font pas leur métier, ce n'est pas mal.

GARIBALDI.

Je vous l'avais bien dit que cette nuit j'entrerais à Palerme ou que je serais mort.

KERNOS.

Vous finirez par me faire croire aux miracles. Mais reposez-vous un peu de grâce; je ne sais comment vous pouvez résister...

GARIBALDI.

Me reposer, j'en comprends la nécessité; mais je ne peux pas ; je ne veux pas. — Ces maudites douleurs semblent me menacer, et si je me couchais maintenant, je serais peut-être, dans un quart d'heure, incapable de me relever. — Me reposer? Est-ce que nous en avons le temps? — Le difficile, ce n'était pas d'entrer dans Palerme; maintenant que nous y sommes, il faut nous y maintenir.

KERNOS.

Pour cela, il nous faudrait des hommes; de l'argent.

FRUSCIANTI.

Oh! oui. Beaucoup d'argent.

GARIBALDI.

Des hommes ? nos amis de Gênes vont nous en envoyer. De l'argent? Nous dirons aux Siciliens qu'à Montévidéo, comme ici, il y avait d'un côté la force, la ri-

chesse et le pouvoir combattant pour le despotisme;
de l'autre, des villes saccagées, des caisses vides, un
peuple sans armes combattant pour la liberté. — Quand
les finances de la République furent épuisées, les femmes
apportèrent leurs bijoux, et, avec le dévouement des
faibles, on eut raison des richesses des forts. — La Sicile
est plus riche que ne l'était la république de Montévidéo, elle fera mieux encore. — Avez-vous fait dire à
Orsini de venir avec ses compagnies de soutien?

KERNOS.

S'il a suivi vos premières instructions, il doit approcher. — Ne lui aviez-vous pas donné rendez-vous ici
pour aujourd'hui? (Garibaldi fait signe que oui en s'asseyant
sur les degrés de la fontaine.) J'ai d'ailleurs envoyé à sa
recherche dès que nous avons eu franchi le pont de
l'Ammiraglio, où ces pauvres picciotti se sont débandés. — Ils finiront sans doute par se raviser, en plein
jour (Le jour se fait.) et nous rejoindront, puisque la
route est libre et que les Napolitains se sont retirés vers
la plage... mais, le soleil luit pour tout le monde et les
Napolitains aussi se raviseront.

GARIBALDI, regardant les maisons.

Cette population ne continuera cependant pas à
rester inerte. — Le malheur, c'est que tous les hommes
d'action tiennent la campagne et qu'il n'y a plus ici
que des timides, attendant des autres l'œuvre de la délivrance, ou des tièdes, capables de s'agiter à couvert
dans les réunions, de courir la nuit, pour afficher des
manifestes, mais que l'odeur de la poudre incommode.
— Ceux-là se préoccupent surtout de se ménager des
portes de sortie. On ne les revoit, le plus souvent, que
lorsque le danger est passé. — Vous appelez ça en
France, je crois, des ramasseurs de fourreaux de
baïonnette. (Voyant les écriteaux devant la porte.) Et voyez, on

ne sait même pas qui nous sommes. On nous prend
pour des pillards, sans doute, et l'on met les propriétés
sous la protection des pavillons étrangers.

KERNOS.

En vérité, c'est trop fort.

GARIBALDI, il s'assied. — Musique.

Et, vous, vous ne vous reposez pas un peu ?

Kernos s'assied près de lui et consulte une carte, quelques
Siciliens arrivent. — Gaspard qui est occupé à faire ébau-
cher la barricade de devant, s'adressant à eux.

GASPARD.

Allez-y un peu à votre tour, maintenant que la plus
grosse ouvrage est faite.

Deux hommes apportent une commode qu'ils placent sur le devant de la barricade.

GASPARD, montant sur la commode.

Là, voilà un bon observatoire. Si les Napolitains remettent le nez dehors, par là-bas, je les verrai venir de
loin.

DE FLOTTE.

Descends de là. Tout le monde derrière ; pas dessus.

Tout le monde se range derrière les deux barricades.

GASPARD.

Mais j' suis très bien ici.

DE FLOTTE.

Descends.

GASPARD, descendant.

Voilà, capitaine, voilà : obéissance à l'ordre. (Gaspard
ouvrant un tiroir de la commode, et en tirant une poupée, qu'un
de ses camarades veut voir et lui enlever. — Mettant la poupée
derrière son dos.) Finis, méchant monsieur, c'est ma tite
fille à moi, nà ! faut pas y toucher.

Un peu de confusion.

DE FLOTTE.

Voyons, qu'est-ce qu'il y a ?

GASPARD, même jeu et montrant la poupée.

Capitaine, faites-les finir. C'est des voleurs d'enfant qui veulent m'enlever ma tite fille. (En feignant d'embrasser la poupée, il lit sur le socle.) Ah ! mon Dieu, qu'est-ce que je vois !

DE FLOTTE.

Allons, Gaspard, assez de gamineries comme ça ; tu n'as pas honte !

GASPARD, s'essuyant les yeux avec la robe de la poupée.

C'est pas des gamineries, capitaine ; regardez : article de Paris, et l'adresse du fabricant, rue de Rochechouart ; ma rue. — Ah ! ça m'a tout retourné de voir ça. Il m'a semblé un moment que j' me retrouvais à la maison et que j' voyais ma bonne femme de mère. — Ah ! bonne vieille, si j' te t' nais. (Il embrasse la poupée ; il sanglote tout en riant.) Ah ! c'est bon tout de même.

PAOLA, le caressant.

Voyons, Gaspard, voyons.

DE FLOTTE.

Grand enfant, va ! Remets ça où tu l'as trouvé.

GASPARD, rouvrant le tiroir et remettant la poupée dedans.

Là, mademoiselle, allez faire dodo.

UN SOLDAT DE LA COMPAGNIE FRANÇAISE.

Est-il bête c' grand serin-là !

GASPARD, se cambrant et portant la main à son sabre-baïonnette.

Hein ! qu'est-ce que tu dis, toi ? T'aurais pas envie d'écoper par hasard.

Il fait mine de vouloir se battre avec le soldat.

5

GIOVANNI et PAOLA.

Allons, allons, Gaspard, du calme !

DE FLOTTE.

Eh bien, eh bien ; qu'est-ce que c'est ?

PAOLA.

Rien, ce n'est rien, capitaine, regardez.

Elle montre Gaspard et le soldat se donnant une poignée de
main.

GASPARD.

A l'anglaise, mon vieux, et sans rancune.

Un obus passe en sifflant, écorne un coin du palais de municipe d'où tombent quelques débris.

GARIBALDI, se relève à demi, réveillé par ce bruit, mais retenu
par la douleur.

Ah ! ils sont fidèles à la tradition, messieurs les royaux.
Ils n'ont pas su défendre la ville, ils vont la bombarder.
(S'adressant à Kernos, après avoir fait encore quelques efforts pour
se lever.) Avais-je raison de vous dire que le moment
n'était pas venu de me reposer.

Deuxième obus. Kernos s'est remis debout, de Flotte s'est approché *.

DE FLOTTE.

Mais c'est une pièce de marine qui vient de tirer.
Ça ne peut pas venir des forts de la plage.

GARIBALDI.

Des pièces de marine ? Oh ! non ! Il y a sur rade des
navires de guerre italiens, français, anglais, américains ;
leurs commandants ne toléreraient pas une telle mons-
truosité.

Sifflement de deux obus, coup sur coup.

---

* De Flotte, Garibaldi, Kernos.

KERNOS, ironiquement.

Oh! certes non. En voilà la preuve. (Garibaldi s'agite sans se relever.) Mais vous souffrez, général.

Fruscianti s'approche pour l'aider à se relever, Garibaldi le repousse si violemment qu'il recule de quelques pas.

GARIBALDI, se relevant enfin par un grand effort de volonté.

Allons donc ! est-ce que nous avons le temps de souffrir ?

La fusillade recommence au loin à gauche.

GASPARD, regardant par-dessus la barricade.

Hein ! les Napolitains ; ils en veulent donc encore les gourmands, attends voir un peu.

On fait feu par-dessus les deux barricades.

GARIBALDI, allant de l'une à l'autre barricade.

Tenez bon, mes amis ; ils ne nous débusqueront pas facilement d'ici. (Regardant par-dessus les épaules des soldats.) Loin d'avancer, ils hésitent, car derrière ces faibles abris ils nous croient plus nombreux et plus forts que nous ne sommes. — Continuez le feu par là. (Levant son sabre et devant la baricade du fond.) Par ici, sur leur flanc, un dernier effort, au pas de course et à la baïonnette. — Et cette fois pas de quartier pour les vandales qui incendient avec leurs obus les monuments de la capitale.

Il sort par le fond à gauche suivi par les soldats. — Musique.

PAOLA, s'étant un peu élevée par-dessus la barricade, tombe frappée par une balle en disant :

A moi, Nullo! à moi!

Gaspard et Balila s'approchent d'elle ainsi que Giovanni.

GIOVANNI.

Ah ! cher ami, frappé mortellement.

Il s'abaisse comme pour l'embrasser.

BALILA, l'écartant doucement de la main.

Non, non ! laissez-nous faire, continuez le feu. (Il fait signe à Gaspard.) Aidez-moi à la... à le porter dans cette maison.

> Ils entrent dans la première maison de gauche, d'où ils ressortent un instant après. — On voit Balila en sortant, causer avec une femme et lui faire des recommandations. — Le feu va en diminuant.

SCÈNE V

LES MÊMES, SOLDATS, devant la barricade. GASPARD, GIOVANNI, — KERNOS, allant d'une barricade à l'autre et apercevant ORSINI, qui arrive par le devant à droite.

KERNOS, à Orsini.

Vous voilà, exact au rendez-vous

ORSINI.

Il paraît, malgré ça, que j'arrive trop tard.

KERNOS.

Oh ! non, rassurez-vous ; il reste à faire. Je crois que la garnison de la ville ne s'exposera plus à s'éloigner des forts de la plage, mais la colonne qui vous donnait la chasse, elle va revenir, et alors, il y en aura aussi pour vous. Vous n'aurez rien perdu pour attendre.

ORSINI.

Je suis prêt à la recevoir ; mes pièces sont en batterie hors des murs, en bonne position, avec les picciotti pour soutien.

KERNOS.

Vous comprenez maintenant pourquoi le général vous faisait tourner le dos à l'ennemi ?

ORSINI.

Oui, sans doute, car grâce à ce subterfuge et après avoir soutenu le premier choc jusqu'à la nuit, il s'est défilé, et a envoyé une partie de nos ennemis à ma poursuite, pendant qu'il pénétrait dans Palerme. C'est un malin.

KERNOS.

Et ça s'est bien passé votre promenade ?

ORSINI.

Parfaitement. — Je me suis fait chasser comme un lièvre, et j'ai ramassé, chemin faisant, quelques insurgés en armes.

KERNOS, passant à droite et désignant la coulisse.

Qui donc nous arrive par là ?

ORSINI.

Les syndics des villages que j'ai traversés et qui apportent les cloches de leurs églises pour qu'on en fasse des canons.

KERNOS, aux charretiers encore dans la coulisse.

N'allez pas plus loin, mes braves, vous encombreriez cette place qu'il faut laisser libre. — Vos camarades et vous, déchargez vos cloches et roulez-les jusque dans la cour du municipe ; là, à gauche.

ORSINI.

A propos ; les deux lascars que vous m'aviez confiés à Calatafimi, ils ont échappé. Je ne sais pas ce qu'ils sont devenus.

KERNOS.

Qu'ils aillent se faire pendre ailleurs ; ils ont sans doute passé à l'ennemi à qui ils servaient d'espions ; mais si je remets la main dessus, je les obligerai bien à confesser; et je doute fort que l'absolution que je leur réserve soit de leur goût.

Ils entrent dans le municipe.

SCÈNE VI

Musique. — LES MÊMES, GARIBALDI, rentrant pensif, au moment où BALILA cause encore avec la femme sur la porte de la première maison de droite. La fusillade et le bombardement ont cessé. DE FLOTTE, rentrant un moment après.

GARIBALDI, écoute un moment.

Ah! le bombardement a cessé... Est-ce que ça serait vrai, ce rêve? (S'adressant à Balila.) Quelques hommes de faction seulement à ces coins de rue, puisque nos avant-postes sont maintenant près des portes du bord de mer : Les royaux ne se hasarderont plus à rentrer en ville. — Que les hommes qui ne sont pas de garde se reposent; ils en ont grand besoin.

BALILA.

Et vous, général?

GARIBALDI.

Malgré, moi, il le faut.

Balila va parler à gauche aux soldats, devant et au fond. — Garibaldi retire son puncho, son ceinturon et se couche près de la fontaine, la tête sur sa selle; Fruscianti le recouvre de son puncho. Pear et Balila revenus sont assis près de lui.

SCÈNE VII

LES MÊMES, MISS STRONG, arrivant par le fond à droite
avec son chapeau cabossé, et son waterprooff déchiré.
HOMMES et FEMMES DU PEUPLE.

MISS STRONG.

Laissez-moâ, laissez-moâ passer. (Apercevant Gaspard,
de garde à la barricade de gauche, devant, et allant à lui. — Le
tout à mi-voix.) Ah! petit polissonne, pourquoi avez-vô
bouscioulé moâ! là-bas, dans le caimpaign?

GASPARD.

Hein! là! qu'est-ce que c'est que cet ouragan?...
Pourquoi?... avec vot' carte de circulation, on vous
aurait prise pour une espionne. (Il montre son œil avec le
doigt.) Et vous savez, n'en faut pas.

MISS STRONG.

Voyez dans quel état je souis?

GASPARD.

C'est vrai que vous êtes rien rigolo.

MISS STRONG.

Rigolo... aôh!

GASPARD.

Vous fâchez pas.

MISS STRONG, flirtant.

Petite française.

GASPARD.

Petit milady.

MISS STRONG.

Vous pouvez tout réparer.

GASPARD.

Comment? vous voulez que je vous achète une autre
pelure, oh! non, merci!

MISS STRONG.

Vous comprenez pas, May Darling.

GASPARD.

J' suis pas dans l' train? Eh ben, quoi, alors? ex-
pliquez-vous.

MISS STRONG.

Disez-moi seulement, ce qu'a fait Garibaldi depouis
Marsala.

GASPARD.

Quéqu' ça vous fait?

MISS STRONG.

Aòh! je souis corrispoundent du Taymes; le journal lé
mioux infoormé du monde, et je vòlais toujours lui
envoyer les nouvelles .. les plous nouvelles.

GASPARD.

Ah! oui, oui, je comprends. (A part, pendant que miss
Strong se prépare à écrire, appuyée sur la commode) Attends-
toi. Si tu m' fiches dedans, on l' verra bien. J' vas t'en
conter un tas d' potins; et si ton journal les imprime,
il sera en effet (La contrefaisant.) le journal lé mioux infoormé dou monde.

> Il se rapproche de miss Strong qui se met à écrire pen-
> dant que Gaspard lui dicte.

BALILA, un doigt sur sa bouche et à mi-voix.

Silence!

SCÈNE VIII

LES MÊMES, arrivée par le devant à gauche de deux nonnes portant une manne d'oranges et de confetti, et d'une femme du peuple portant un flasque de vin.

PREMIÈRE NONNE, à Fruscianti qui s'est approché en les voyant.

C'est pour le général, ils sont préparés par nos maisons.

FRUSCIANTI, qui en mange aussitôt.

Soyez bénies, mes chères sœurs.

Il s'en va porter la manne sur les marches de la fontaine.

GASPARD, prenant le flasque des mains de la femme et le présentant à miss Strong qui boit aussitôt, à même.

Honneur aux dames ! — Joli coup de trompette. — Ah ! nom d'un gobelet qu'il fait soif.

Recevant le flasque de miss Strong, il boit à son tour. — Fruscianti l'apercevant court à lui.

FRUSCIANTI.

C'est pour moi ce flasque de vin?

GASPARD.

C'est pour toi, après moi. (Il reboit.) Donnant, donnant, ma vieille; donne-moi d' la galette, j' te donnerai à boire.

Fruscianti va prendre des gâteaux et en apporte. — Echange entre le flasque et les gâteaux.

FRUSCIANTI, agitant le flasque à son oreille.

Il y en a encore au moins.

GASPARD.

Oui, oui, sois tranquille.

FRUSCIANTI; après avoir bu, il tend le flasque à Gaspard.

Tiens, voilà le reste.

GASPARD.

Eh ben ! il a bon cœur. (Il va pour boire, après avoir essuyé le goulot avec sa manche, il s'aperçoit qu'il n'y a plus rien dedans et agite le flasque, le goulot en bas.) Ah ! y a pus rien.

SCÈNE IX

LES MÊMES, LE PALERMITAIN du commencement de l'acte.

LE PALERMITAIN, venant par devant à droite et appelant.

Citoyen Balila...

BALILA.

Qu'est-ce qu'il y a?

LE PALERMITAIN.

Nullo !

BALILA.

Ah ! où est-il?

LE PALERMITAIN.

Il est depuis cette nuit au fort de Castellamare où son ami Arnoldo était enfermé.

BALILA.

Captif? exécuté déjà peut-être ?

LE PALERMITAIN.

Non, depuis hier matin il n'y a pas eu d'exécution au fort... Et d'ailleurs il ne sera pas reconnu. Nous n'avions, les uns ni les autres, aucun papier sur nous qui pût nous trahir. J'ai échappé aux agents pendant qu'on l'emmenait. Vous pouvez me croire.

BALILA.

Merci, mon ami. (A part.) Que dire à cette pauvre enfant? (Un peu de bruit dans la coulisse.) Silence donc! (Les consuls se présentent à la coulisse de gauche, au fond.) Que voulez-vous, qui êtes-vous?

Gaspard court vers le fond et met son fusil en travers pour s'opposer au passage du consul.

SCÈNE X

Les Mêmes, LE CONSUL AMÉRICAIN,
ORSINI, sortant du municipe.

LE CONSUL AMÉRICAIN.

Le consul américain.

GASPARD, le fusil en travers.

Quand même qu' vous seriez l' premier consul, on n' passe pas.

GARIBALDI, réveillé par le bruit.

Qu'est-ce! qui va là?

BALILA, se rapprochant de lui.

Général, ce sont les consuls des puissances étrangères...

GARIBALDI.

Qu'ils approchent.

LE CONSUL AMÉRICAIN, suivi de trois autres.

Général, les représentants de toutes les puissances, en résidence à Palerme, ont protesté près du gouverneur de l'île, dans l'intérêt de leurs nationaux dont les propriétés sont compromises. — Le bombardement cessera jusqu'à la solution des propositions que vous fait le commissaire royal, d'une suspension d'armes de vingt-quatre heures et d'une entrevue sur un terrain neutre, à bord du vaisseau américain l'*Hannibal*, afin de s'entendre avec vous sur la cessation des hostilités.

GARIBALDI.

Monsieur, au nom de l'humanité, je vous remercie. (A Balila.) Bas le feu partout!

Balila va parler à quelques officiers qui sortent par le côté gauche de la scène. Garibaldi va vers la vasque de la fontaine et se dispose à se laver la figure et les mains. — Musique jusqu'après la retraite de Talarico.

FRUSCIANTI.

Vous allez faire un bout de toilette, je l'espère, pour aller figurer au milieu de tous ces brillants uniformes?

Il l'époussète avec son mouchoir. Pear tient le ceinturon, prêt à le passer.

GARIBALDI, en train de se laver dans l'eau de la fontaine.

Et sur quelles bases le gouverneur me demande-t-il cette suspension d'armes? (Pendant qu'il se penche sur la vasque, Talarico s'approche sourdement de droite à gauche à travers les soldats et va pour frapper Garibaldi par derrière, au moment où celui-ci se retourne en secouant ses mains mouillées. — Voyant Talarico reculer et croyant lui avoir jeté de l'eau à la figure il dit.) Oh! pardon.

TALARICO, se reculant et jetant son poignard à terre.

Non! je ne frappérai pas cet homme.

BALILA, FRUSCIANTI, PEAR, se précipitent sur lui.

Un poignard!

UNE FEMME DU PEUPLE, à gauche.

Mais je le connais, c'est Talarico, Talarico le brigand...

GARIBALDI, arrêtant ses amis du geste.

Non, non, laissez cet homme, qu'on ne lui fasse
pas de mal.

SCÈNE XI

LES MÊMES, tout le monde manifeste son étonnement. Pear lance
un coup de pied à Talarico au moment où il disparaît à droite
devant.

GARIBALDI, s'essuie la figure et les mains avec son foulard,
noué lâchement autour de son cou. Puis allant au consul
américain.

Pardon, monsieur, je suis tout à vous maintenant.
(Il prend un pli des mains du conseil américain et lit un moment,
paraît indigné, puis montant sur la fontaine.) Habitants de Palerme, approchez tous. L'ennemi me propose un armis-
tice que je voudrais pouvoir accepter. — L'inhumation
des morts, les soins à donner aux blessés, l'humanité
sont choses sacrées pour un soldat italien ; les blessés
napolitains sont aussi nos frères. — Je voudrais épargner
à cette belle cité les horreurs de la guerre. — Mais parmi
les conditions de l'ennemi, il en est une que, person-
nellement, et surtout pour l'honneur de mes volontaires, je repousse avec indignation. Le commissaire
royal exige que Palerme rentre sous la domination des
Bourbons de Naples.

LA FOULE, indignée.

Oh, oh! non, non !

GARIBALDI.

Cette condition vous semble-t-elle acceptable?

LA FOULE.

Non, non! jamais!

GARIBALDI.

Vous êtes les maîtres de vos destinées, vous refusez de vous soumettre à la tyrannie d'un maître?

LA FOULE.

Oui, oui!

GARIBALDI.

Eh bien! puisque vous voulez être Italiens, aux armes et courage, frères, les Mille sont là pour vous défendre; ils sont prêts à vaincre ou à mourir avec vous.

Redescend de la fontaine et vient devant, au milieu.

LA FOULE.

Plus de Bourbons, aux armes, mort aux royaux!

Le bombardement recommence les consuls et tous en paraissent surpris.

GARIBALDI.

Encore des obus! Vous voyez, monsieur, qu'on n'a attendu ni ma réponse, ni ma visite, à bord de l'*Hannibal*, pour recommencer le bombardement. Cette ville ne sera plus, bientôt, qu'un monceau de ruines.

LA FOULE.

Aux armes! aux armes!

GARIBALDI, aux consuls.

Allez porter à l'ex-gouverneur de l'île la réponse du peuple de Palerme. (Aux soldats.) Et vous, aux forts de la plage.

Le consul sort par devant, à gauche; Gaspard le salue ironiquement au passage. — Les Garibaldiens entrent dans les coulisses de gauche. — La fusillade recommence mollement.

LES FEMMES.

Hors d'ici les Bourbons, à mort!

MISS STRONG.

Hurrah, hurrah pour le Angleterre!

Elles suivent le mouvement des soldats, quelques-unes brandissant des fusils. Miss Strong son revolver au poing.

ORSINI, à Garibaldi en voyant les femmes s'éloigner avec les garibaldiens.

Les femmes s'en mêlent. Cette fois, c'est bien la révolution qui commence.

GARIBALDI.

Non! c'est l'esclavage de l'Italie qui finit. (S'adressant à Orsini.) Les troupes qui vous avaient poursuivi approchent de la ville. Retournez à votre poste et faites-vous tuer jusqu'au dernier, avant de les y laisser pénétrer.

Sortie d'Orsini.

SCÈNE XII

LES MÊMES, moins ORSINI. — KERNOS, et PLUTINO, arrivant par la droite, devant, accompagnés des délégués de l'île.

KERNOS.

Général, apprêtez-vous à apprendre une chose qui va bien vous surprendre.

GARIBALDI.

Qu'est-ce?

Kernos fait signe à Plutino d'avancer.

PLUTINO, suivi des délégués de l'île.

Général, nos amis qui tenaient la campagne ont rallié Palerme avec les contingents des villes de l'Ouest et du Sud que vous avez délivrées. Nous saurons maintenant conserver ce que vous avez conquis. (Montrant les délégués qui saluent.) — Les délégués des districts, unis aux notables de la capitale, m'ont chargé de vous remettre ces cahiers où sont consignés les vœux de la population qui vous supplie d'accepter la dictature.

Miss Strong court à la commode et se remet à écrire précipitamment, tout en prêtant l'oreille à ce qui se dit.

GARIBALDI, secouant lentement la tête, regardant de Flotte et Kernos.

La dictature? Vous comprenez, n'est-ce pas, la gravité de ce qu'on me demande là?

DE FLOTTE.

Quand la patrie est en danger, la dictature d'une convention ou d'un homme peut seule la sauver. Pas d'hésitation, général. Le peuple fait sagement de vous l'offrir, votre devoir est de l'accepter.

GARIBALDI.

C'est bien grave.

DE FLOTTE.

Faites, exemple rare qu'on puisse voir un homme, sans titre héréditaire, et par la seule force de sa vertu et de son génie, maître, malgré lui, de tout un peuple.

GARIBALDI, à Kernos.

Et vous?

KERNOS, souriant ironiquement.

Il faut bien leur obéir, puisque vous êtes le chef.

Il passe à gauche près de de Flotte.

GARIBALDI, aux délégués.

Citoyens, j'accepte. (Tout le monde exprime sa joie. . Garibaldi, un pied sur les marches de la fontaine, s'adressant à Balila qui est de l'autre côté.) Balila, écrivez : (Pendant que Balila s'apprête à écrire, et que Garibaldi semble réfléchir, miss Strong se reprend à écrire. — Il dicte. « *Italie et Victor-Emmanuel.* »

DE FLOTTE, à Kernos.

Comment!

KERNOS.

Que veux-tu? c'est comme ça.

* De Flotte, Garibaldi, Kernos, Plutino, les délégués.

GARIBALDI, à de Flotte et à Kernos.

Cette formule vous surprend? vous ne doutez pas,
cependant, qu'autant que qui que ce soit, j'aime la
république et sois prêt à mourir pour elle. Mais il
faut quelquefois savoir attendre, si pénible que cela
soit. — Tout vient à point à qui sait attendre.

KERNOS, à de Flotte.

Le proverbe devrait dire à qui peut attendre.

GARIBALDI, comme impatienté et dictant de nouveau.

Ecrivez : « *Italie et Victor-Emmanuel. — Tous les Siciliens valides, de dix-sept à quarante ans, doivent le service
à la patrie. — Les communes procéderont immédiatement
à l'organisation de la garde nationale sédentaire, formée
des hommes de quarante à cinquante. — La patrie adopte
les enfants de tous les citoyens quimourront en combattant.
— Les couvents des jésuites seront fermés...* »

MISS STRONG.

All right! all right! C'est très bien, ça!

GARIBALDI.

« *On les transformera en prytanées militaires où seront
recueillis et instruits tous les enfants indigents.* »

SCÈNE XIII

LES MÊMES, GASPARD, le poignet enveloppé, son fusil brisé.

DE FLOTTE, à Gaspard.

Tu es blessé?

GASPARD.

Oui, j'ai étrenné. C'est rien du tout... une écorchure,
demain il n'y paraîtra plus. Mon fusil est plus malade
que moi, faudra voir à le remplacer,

6

DE FLOTTE.

Au pis aller, tu auras un de ceux que nous avons pris à l'ennemi.

Miss Strong en voulant mettre sa copie dans une enveloppe en laisse tomber une partie que Gaspard ramasse.

GASPARD.

Hein ! y en a là d'dans des nouvelles, et des bonnes? Qué tas d' blagues !

BALILA, scandant les derniers mots dictés.

Tous-les-enfants-indigents.

GARIBALDI.

Assez pour l'heure, donnez.

Il signe.

GASPARD, sur le devant, à gauche.

Encore le consul.

SCÈNE XIV

Les Mêmes, LE CONSUL AMÉRICAIN.

LE CONSUL AMÉRICAIN, s'avançant, une enveloppe à la main.

Général, voici, en double expédition, les nouvelles propositions que je vous apporte.

Le bombardement a toujours continué jusque-là à coups régulièrement espacés.

GARIBALDI, qui a mis son pince-nez pour lire.

Amis, approchez. (On se groupe près de lui *.) « *A Son Excellence, le général italien.* »

---

* Gaspard, de Flotte, le consul américain, Garibaldi, Kernos, Fruscianti, Miss Strong.

KERNOS.

A Son Excellence ?

GARIBALDI, répétant en souriant.

A Son Excellence, le général italien.

KERNOS.

C'est charmant.

GARIBALDI.

« *L'ennemi capitule. — Les troupes royales resteront en-
fermées dans les forts du bord de mer jusqu'à leur départ
pour Naples. — Remise de tous les établissements civils et
militaires sera faite au représentant nommé par le général
Garibaldi.* »Et c'est signé : Volpe, commissaire royal. (Il
prend une plume des mains de Balila, Kernos lui tend son képi, sur
la visière duquel il signe, il tend le document au consul américain. Il
donne l'autre exemplaire à Balila qui le met dans sa sacoche,
écoute un moment, le bombardement a cessé. — Au consul.) J'accepte. — C'est fini, mais avouez, monsieur, qu'ils en
ont usé jusqu'à la dernière limite. (Il lui tend la main.)
De nouveau merci... Au nom de l'humanité, merci !

Sortie du consul.

SCÈNE XV

Les Mêmes, Toute La Foule et Les Soldats, revenant.

Vive le dictateur ! Vive Garibaldi !

QUELQUES VOIX.

Vive la république !

GARIBALDI.

Amis, criez : Vive l'Italie et Victor-Emmanuel ! (Cri général et très net de : Vive l'Italie !) Que les Siciliens n'ou-

blient jamais la date du 29 mai 1860. (Plutino s'approche
de lui et veut lui baiser la main que Garibaldi retire vivement.)
Il faut perdre cette habitude qui n'est qu'un signe de
servilité, légué par les monarchies.

PLUTINO.

Citoyen dictateur, les notables demandent à former
une garde d'honneur pour la sûreté de votre personne.

GARIBALDI, montrant la foule.

Ma garde d'honneur, la voilà : c'est le peuple.

Rideau.

ACTE TROISIÈME

QUATRIÈME TABLEAU

MORT DE DE FLOTTE

La scène représente un défilé, au milieu de montagnes boisées. — Deux plans de praticables en arrière, et surélevés l'un sur l'autre. — Blocs de rochers à droite et à gauche. — Milieu de la journée. — Plein soleil.

SCÈNE PREMIÈRE

UN GROUPE DE SOLDATS ROYAUX arrive par la gauche. L'OFFICIER qui les commande dispose des sentinelles devant et derrière vers la droite. LES AUTRES HOMMES mettent les armes en faisceau, et s'asseoient par terre. — Tous, sentinelles et hommes veillent vers la droite.

L'OFFICIER NAPOLITAIN, au sergent.

En voilà une idée! mettre un poste au milieu de ces rochers où des chèvres seules pourraient circuler! Est-

6.

ce qu'on se figure que l'armée garibaldienne va es-
sayer de passer par là?

LE SERGENT.

Ils sont bien malins, ces enragés, mais quant à passer par ici, il ne faut pas qu'ils y songent.

L'OFFICIER NAPOLITAIN.

Certes, non. — Nos troupes, à cheval sur la route qui
remonte de Reggio vers Naples, entre la mer et ces
pics inaccessibles, sauront bien les contenir. — Il leur
faudrait d'ailleurs, s'ils parvenaient à franchir Solano,
où est le quartier général, passer sous le feu de la forteresse de Scylla. (Jetant un regard autour de lui.) Ici, pas de
surprise à craindre, mais, quoique ça ne serve pas à
grand' chose, qu'on veille bien cependant dans la direction de Reggio.

> Il désigne la droite; tous les soldats ont le visage tourné dans
> le même sens. — Il sort par la gauche. — Gaspard et quel-
> ques garibaldiens unis à des Calabrais passent de droite à
> gauche, sur le praticable le plus élevé, se dirigeant à pas
> de loup, vers la scène.

SCÈNE II

LES MÊMES, moins LE CAPITAINE NAPOLITAIN. —
Puis GASPARD, DEUX OU TROIS GARIBALDIENS et
DES CALABRAIS.

LE SERGENT, à la sentinelle du premier plan.

Ah çà! est-ce que nous allons encore les avoir sur le
dos, ces damnés-là? On nous dit toujours qu'ils sont
battus, dispersés; et nous les voyons reparaître à

chaque instant; ils sont donc aussi nombreux que les
sables de la mer.

LE SOLDAT NAPOLITAIN.

Oui, toujours battus: A Calatafimi et à Palerme il y a
deux mois; à Milazzo et à Messine, il y a vingt jours à
peine; à Reggio hier! Savez-vous bien que je commence
à croire ce que nous a dit l'aumônier.

LE SERGENT.

Quoi donc?

LE SOLDAT.

Qu'il y en a, parmi eux, qui sont ensorcelés et dont
la peau est à l'épreuve des balles.

LE SERGENT.

Ça se pourrait bien; aussi pas de prisonniers; puisqu'on nous a dit que ces monstres-là n'en faisaient pas
et achevaient les blessés.

LE SOLDAT.

Oh! oui, ils achèvent les blessés.

Musique. — Sur ces paroles les garibaldiens sautent sur
les sentinelles et les désarment. — Gaspard s'est lancé sur le
soldat causeur qui jette son fusil au loin, dans la coulisse
de droite. — Les autres garibaldiens et Calabrais refoulent
dans la coulisse les autres soldats napolitains.

GASPARD.

Enlevé, le bœuf! Pas un coup de feu, pas un cri, sinon... (Il fait signe de son doigt contre son cou.) couïc! (Le soldat napolitain essayant de se sauver, Gaspard le saisit par sa veste
qui, déboutonnée, laisse tomber des images à terre.) Hein, ma-
jesté, permettez que je vous reconduise. (Ramassant les
images et les examinant. Au deuxième garibaldien.) Tiens-le
bien, toi. — Qu'est-ce que c'est? Veux-tu bien pas bouger.
Ah! monsieur est artiste, il aime les images... C'est
égal, on ne te fera pas un procès pour colportage

d'objets licencieux, à toi. (Passant les images en revue.)
Saint Janvier, saint Pantaléo, saint Ignace. (Montrant
l'image au public.) Il a une drôle de tête saint Ignace. —
Peste ! l'ami, tu voyages en bonne compagnie. (Regardant
une dernière image, et feignant la colère.) Ah ! mais, celui-ci,
c'est trop fort. (Il lui met l'image sous les yeux.) T'aurais pas
la prétention de le faire passer pour un saint, celui-là,
avec son chapeau de gendarme, ses bottes molles et
ses moustaches en croc?

Les garibaldiens et les Calabrais reviennent en scène.

LE SOLDAT, effrayé.

Grâce, grâaace, pour moi !

GASPARD, scandant comme Robert dans la scène de la séduction.

Non, non, non, non ! En v'là assez.

LE SOLDAT.

Grâce ! vous voyez bien qu'il n'y a pas de corps du
délit.

GASPARD, à l'un des garibaldiens.

Qu'est-ce qu'il nous chante là, avec son corps du
délit?

LE GARIBALDIEN.

Oui; le corps du délit.

GASPARD.

Ah ! bravo, le corps du délit. (Il éclate de rire.) Ah !
mais non, vrai. Elle est épicée celle-là. C'est plus beau
que l'antique. — Je comprends. Le corps du délit? Oui,
oui... (Au garibaldien.) Qu'est-ce que c'est que le corps
du délit?

LE SOLDAT NAPOLITAIN.

Mon fusil.

GASPARD, levant son fusil comme une massue.

Ah ! gredin, tu vas me la payer. (D'un air séri-comique

il menace le Napolitain qui tombe à genoux et semble s'évanouir.)
Qu'est-ce que c'est? madame a ses nerfs?

> Il prend sa gourde et veut le faire boire.

LE SOLDAT NAPOLITAIN.

Non! non ! grâce.

GASPARD.

Encore ! Oùvre le bec, imbécile.

LE SOLDAT NAPOLITAIN.

Pitié pour mes enfants !

GASPARD.

M'sieu est père de famille ? Raison de plus, bois
donc.

LE SOLDAT NAPOLITAIN.

Non !

> Il met son poing sur sa bouche.

GASPARD.

C'est la première fois que je vois ça, un soldat refusant de boire... Ah! j'y suis. Crétin, va, t'en veux pas?
A ta santé ! (Il boit, le soldat le regarde étonné, puis tend la main.)
Ah! t'as pus peur qu'on t'empoisonne. (Il lui passe la
gourde à laquelle le soldat boit avidement.) Assez, assez.
(Comme si le cordon qui retient la gourde l'étranglait.) Ah !
mais non, pas tout, n'est-ce pas. Tu vas m'étrangler
maintenant. (Il reprend sa gourde.) Comme tu y vas. — Paraît que tu penses comme un zingueur de mes amis,
que le cognac étant très peu rafraîchissant par lui-
même, faut en boire beaucoup pour que ça fasse de
l'effet. (Arrivée de Bixio, par le troisième praticable.) Te voilà
remis, reprends ta bébiothèque et va rejoindre tes ca-
maros.

> Il le pousse vers la coulisse par où ont disparu les autres
> prisonniers.

SCÈNE III

GASPARD, BIXIO, le bras en écharpe. — Un peu après, BALILA, FRUSCIANTI et KERNOS, paraissant sur le plus haut praticable, et descendant sur la scène. GARIBALDIENS et CALABRAIS, garnissant le deuxième praticable ; rentrée de L'OFFICIER NAPOLITAIN.

BIXIO, montrant les rochers du premier praticable.

Attention, défilez-vous bien derrière ces rochers.

Lorsque tout le monde a disparu, l'officier napolitain rentre par la gauche devant.

L'OFFICIER NAPOLITAIN.

Eh bien ! où sont-ils ? plus personne ? (Il va vers la coulisse de droite devant.) Cet avant-poste a donc été surpris ? (Voyant les papiers et des sacs par terre.) Enlevé ! On n'a entendu aucun bruit. (Il retourne vers la coulisse de gauche et appelle.) Avancez ! voyez par là.

Désignant la droite. — Des soldats napolitains traversent la scène, de gauche à droite, au pas de course. — Gaspard se lève et veut les poursuivre, Bixio le force à se cacher. — Dès qu'ils ont passé, les garibaldiens montrent la tête au-dessus des rochers.

GASPARD.

Ah ! malheur, les laisser filer comme ça !

SCÈNE IV

LES MÊMES, GARIBALDI, sur le deuxième praticable.

GARIBALDI.

Restez cachés.

KERNOS, descendant sur le devant avec Garibaldi.

Comment? vous les laissez passer comme ça?

GARIBALDI.

Décidément, mon pauvre colonel, vous aurez du mal à vous faire aux ruses de la guerre de partisans. (Montrant la gauche.) Laissez-les aller, vous voyez bien qu'ils vont se heurter à nos braves montagnards cala. brais, qui circulent au milieu de ces précipices aussi facilement que des chamois, se servent des arbustes de ces maquis comme les soldats de Malcolm se servirent de la forêt qui marche, et qui ont apporté ici sur leurs épaules nos petites pièces de montagne. — De ces Napolitains, pas un ne retournera au camp raconter ce qui s'est passé ici. (Quelques coups de feu dans la coulisse de droite.) Qu'est-ce que je vous disais?

> L'officier napolitain en revenant aperçoit Garibaldi sur lequel il décharge son revolver; les soldats qui reviennent font feu aussi. Garibaldi est entouré de Bixio, Balila, Fruscianti et Kernos qui font un dos à dos autour de lui et font feu aussi de leurs revolvers ; Gaspard et ses amis, sortent de leur cachette et se précipitent sur les Napolitains, qui sont refoulés.

SCÈNE V

LES MÊMES, MADAME QUÉROLI, sur le praticable, suivie de son fils et de PEAR, la carabine au poing, en même temps que les officiers entourent GARIBALDI. — PAOLA, en habits de femme, et MISS STRONG, tenue de campagne. — Des garibaldiens continuent à arriver et restent derrière les praticables.

MADAME QUÉROLI, s'approchant de Garibaldi *.

Oh! général, que d'inquiétudes vous causez à vos amis, en vous exposant ainsi.

GARIBALDI.

Vous êtes trop bonne, madame, ce sont là les hasards de la guerre. Mais vous, comment vous exposez-vous aussi. — Je vous trouve chaque jour aux avant-postes, partout où l'on se bat.

MADAME QUÉROLI.

Ma place est près de mon fils, général !

GARIBALDI.

Mais si vous voulez, avec votre cher enfant, aller jusqu'au bout, il faut vous ménager ; n'est-ce pas, colonel ? En tous cas, abritez-vous ici du mieux possible... Un malheur est vite arrivé.

Il s'éloigne vers le fond à droite et examine avec la longue-vue que lui passe Balila.

KERNOS, à madame Quéroli.

Oui, il pense aux précautions à prendre pour les autres... Pour lui, jamais.

Il se rapproche de Garibaldi. — Gaspard flirte au fond à droite avec miss Strong.

PAOLA, s'approchant de madame Quéroli.

Le général a raison, madame ; ce cher enfant, il est trop faible pour supporter de si grandes fatigues.

MADAME QUÉROLI.

Que parlez-vous de jeunesse, de faiblesse ; mais vous, n'êtes-vous pas jeune aussi, n'êtes-vous pas faible? Et cependant, depuis le commencement de cette pénible

* Kernos, madame Quéroli, Garibaldi, en arrière d'eux, Paola, Giovanni, Miss Strong, Gaspard.

campagne, hier en soldat, aujourd'hui en sœur de charité, ne partagez-vous pas toutes les fatigues et tous les dangers des forts ?

PAOLA.

Moi, vous le savez maintenant, j'ai de grands devoirs à remplir; et puisque ma blessure, à Palerme, ne m'a pas permis de retrouver Nullo, et d'arracher mon père à ses persécuteurs, je dois poursuivre ma mission jusqu'au bout.

En ce moment, Garibaldi, Kernos entrent dans les coulisses de gauche. — Sur le plus haut praticable, apparaissent Costa et Villa, déguisés en Calabrais. — Costa, en écoutant la conversation, tire un papier de sa poche, écrit dessus au crayon et glisse l'écrit dans une amulette pendue à son cou.

MADAME QUÉROLI.

Vous reverrez votre père bientôt, puisque, avant l'échange des prisonniers, à Palerme, la police l'avait déjà fait partir pour les prisons de Naples. — Quant à Nullo, qui s'est dévoué, comme vous, pour le sauver, et que je n'ai pas retrouvé, non plus, au fort de Castellamare, au moment de l'échange, les ordres de Garibaldi l'ont encore poussé en avant, en exploration, afin de préparer le terrain du combat. — Il vous apparaîtra quand vous vous y attendrez le moins. Son désir de vous revoir n'est pas moins grand que le vôtre; et s'il doit obéir à son pénible devoir, un autre sentiment... (Paola détourne la tête en rougissant.) Ne rougissez pas; jamais deux cœurs aussi vaillants n'ont battu l'un pour l'autre.

PAOLA.

Ah! madame, il ne m'aime plus, sans cela ne m'eût-il pas écrit?

MADAME QUÉROLI.

Il ne vous a pas écrit, dites-vous? Mais la prudence

7

le lui commande, sans doute. — Il vit caché au milieu de nos ennemis ; une lettre, une indiscrétion pourraient vous perdre tous les deux. — Si l'infâme qui vous poursuit, et qui ne laisse vivre votre père que pour vous attirer dans un piège, savait comment vous découvrir l'un et l'autre, tout serait perdu. — Je sais de quoi ils sont capables, ces tartufes qui se cachent tout aussi bien sous l'habit du diplomate que sous le frac de l'officier de cour, et qui parviennent trop souvent à séduire et à tromper ceux qui devraient pourtant les connaître. — Rassurez-vous, vous reverrez bientôt Nullo.

PAOLA.

Puissiez-vous dire vrai !

MADAME QUÉROLI.

Mais qui vient là ? Des Calabrais, des amis.

Gaspard se retournant et voyant Costa et Villa, arrivés sur la scène et s'avançant cauteleusement.

GASPARD.

Des Calabrais, et sans armes ? Des feignants, quoi ! Oh ! oh ! voyons ça, un peu.

SCÈNE V

Les Mêmes, VILLA et COSTA.

GASPARD, à Costa.

Qu'est-ce que vous cherchez par ici : des cantinières ? Oh ! maladie ! Vous savez donc pas que Garibaldi n'en veut pas, parmi nous *.

---

* Villa, Costa, Gaspard, au fond à droite, madame Quéroli, Paola.

COSTA.

Ah! signor, des cantinières? — Nous! oh!

GASPARD.

Rude chaleur cependant ; n'est-ce pas, camarades ?
C'est-y pour ça que vous n'avez pas d'armes sur vous ?

VILLA.

Pas d'armes? Mais pour passer au milieu des soldats
napolitains et remplir la mission dont nos frères nous
ont chargés, il fallait bien être sans armes.

GASPARD.

Une mission, laquelle ? Pour qui ?

COSTA.

Nous ne savons. C'est un écrit qu'on nous a dit de
remettre... et si les Napolitains nous l'avaient surpris,
notre affaire eût été bientôt faite. — Nous sommes venus
par la montagne, et vous êtes les premiers de nos libé-
rateurs que nous ayons rencontrés.

GASPARD.

Où est-il ce papier? Peut-on le voir?

COSTA.

Oui, le voilà, enfermé dans mon scapulaire.

Costa montre son amulette d'où Gaspard retire un papier,
plié tout petit, il le déplie, et revenant au milieu de la
scène.

GASPARD.

Bon ! me v'là dans la diplomatie maintenant. (Il lit.)
A Paola. Aie confiance en eux, suis-les. (Parlant.) Y en a
pas lourd! Et pas de signature. — Et de la part de qui
ce papier ?

COSTA, enflant sa voix.

Nous l'ignorons, nos amis des comités nous ont dit

de venir, et nous ont recommandé, si l'on nous demandait un mot d'ordre de répondre Nullo ; c'est-à-dire rien.

PAOLA, qui s'est rapprochée vivement en entendant prononcer ce nom; elle est suivie aussitôt par madame Quéroli.

Qui a prononcé le nom de Nullo ?

COSTA, obséquieusement.

Moi, sainte demoiselle.

Gaspard remet à Paola le papier qu'il tient de Costa.

VILLA, à Costa, à mi-voix.

Tu as eu une heureuse inspiration en te servant de ce nom.

PAOLA, joyeuse, à madame Quéroli.

Vous aviez raison, madame, il n'a pas oublié, il m'écrit.

MADAME QUÉROLI, examinant l'écrit.

Mais ce billet n'est pas signé.

PAOLA.

C'est mieux que s'il était signé ; voyez, au coin, cette marque qui n'est connue que des fidèles : le nom de Mazzini écrit au crayon.

MADAME QUÉROLI.

Et vous êtes sûre? Vous ne craindriez pas d'aller ainsi seule? Ne vaudrait-il pas mieux attendre?

PAOLA.

Attendre? lorsque c'est peut-être le salut de mon père qui dépend de mon obéissance à cet ordre? Quant à ma sûreté personnelle...

Elle montre un poignard caché dans son corsage, Costa et Villa se regardent.

MADAME QUÉROLI.

Un moment encore. (Elle passe et va vers Costa.) Maintenant que votre mission est remplie, qu'allez-vous faire?

COSTA.

Nous en retourner près de nos amis qui se préparent à soutenir les garibaldiens à leur arrivée.

MADAME QUÉROLI.

Eh bien! vous pouvez aller.

COSTA.

On nous avait dit que nous devions ramener avec nous un jeune garibaldien.

PAOLA, bas, à madame Quéroli.

Vous voyez que c'est bien de lui... il croit encore à mon déguisement.

MADAME QUÉROLI.

C'est vrai... Allez, mon enfant, et que Dieu vous protège. (Elle l'embrasse.) Cependant...

PAOLA.

Oh! je ne redoute rien. (A Costa.) Me voilà prête, partons.

COSTA, avec un sourire mielleux.

Mais, sainte demoiselle, ce n'est pas ça; on nous a dit : un jeune soldat; et vous n'êtes pas...

PAOLA, à madame Quéroli.

Croyez-vous encore qu'il y ait quelque chose à craindre?

COSTA, à part.

Nous la tenons.

PAOLA, à Costa, résolument.

Partons. (En souriant.) Je vous expliquerai pendant la

route pourquoi, au lieu d'un garibaldien, c'est sa sœur que vous accompagnez.

MADAME QUÉROLI.

Oui, oui, allez. (A Costa et Villa.) Et vous, veillez bien ·sur elle.

> Miss Strong, Giovanni et Gaspard donnent des poignées de main à Paola.

COSTA.

Oh! soyez tranquille, bonne dame!

> GASPARD, leur donnant une poignée de main.

Nous vous la recommandons, ayez-en bien soin.

COSTA.

Oh! soyez tranquille.

GASPARD.

Adieu, adieu, mon vieux macaroni! (Ils remontent les praticables. Madame Quéroli les suit jusqu'au bout du second, ils se font des signes d'adieu, et au moment où Paola disparaît d'un côté et madame Quéroli de l'autre.) Attention, voici le général.

> Ils se mettent au port d'armes. — Miss Strong recule vers le fond à droite en gesticulant et disparaît avec Gaspard, pendant que Garibaldi entre par le fond à gauche avec Kernos.

SCÈNE VI

KERNOS, GARIBALDI, et, après eux, FRUSCIANTI et BIXIO.

> Garibaldi, appuyé sur le bras de Kernos, va s'asseoir avec lui sur le bloc de rochers à droite. — Musique.

KERNOS.

Non, général; vous direz tout ce que vous voudrez,

il n'en est pas moins vrai, qu'à chaque pas, au milieu
de ces populations qui nous sont sympathiques, j'en
conviens, mais parmi lesquelles peut se trouver quelque lâche assassin, vous devriez moins vous exposer.

GARIBALDI.

Un assassin? Pouvais-je en rencontrer un plus re-
doutable que ce Talarico, que les pieux monsignori
m'avaient dépêché à Palerme? — Eh bien! au moment de
frapper, il a fait comme le Cimbre de Marius, il n'a pas
osé. — Maintenant, je réponds à votre seconde observa-
tion : Voyez-vous, mon ami, ce n'est pas que j'ignore
les règles de la grande stratégie ; j'espère bien avoir
l'occasion de le prouver aux généraux napolitains qui
m'attendent, sans doute, sur un terrain plus favorable
que celui-ci aux grandes batailles rangées. — Mais dans
une guerre comme celle que nous faisons, un chef,
quand son plan de campagne, mûrement établi d'avance
avec le chronomètre et le compas, a reçu un commencement d'exécution, doit être d'autant moins occupé
de sa personne, qu'il devait l'être davantage jusque-là.
Ce qu'il lui faut surtout, c'est de la fermeté, de la cons-
tance, de la ténacité... la confiance dans le succès. — Qui
dure est vainqueur ! Il ne faut pas cesser de le répéter
à nos jeunes miliciens dont le nombre augmente chaque jour... Dans une bataille, on échoue cent fois ; on
réussit à la cent-unième. — Est-ce que tous nos combats
ne le prouvent pas? Voyez à Milazzo, où les Napolitains
étaient cinq contre un ; ils avaient de l'artillerie et de la
cavalerie qui n'existaient pas chez nous. Ils étaient pro-
tégés par une forteresse de premier ordre, un vrai Gi-
braltar, quand nous étions, nous, sur une plage de sa-
ble, avec quelques maigres bouquets d'aloès et de
bambous pour seuls abris. — Depuis le matin jusqu'à
trois heures de l'après-midi, nous avions été repoussés
vingt fois ; les cadavres de nos amis jonchaient le ter-

rain ; peut-être d'autres auraient cédé. Moi pas ! (Il se lève et se met à marcher.) J'ai pour principe, quand je dois opérer une retraite de ne la commencer qu'à la nuit. — Eh bien ! à trois heures de l'après-midi, dans un suprême effort, le vingt-unième de la journée, la chance tournait, nous enlevions à l'ennemi un premier canon ; nos va-nu-pieds, noirs de poudre, mettaient la baïonnette aux reins des royaux astiqués comme pour une parade. (S'animant.) Ces redoutables Bavarois eux-mêmes pliaient enfin devant nos bataillons improvisés mais tenaces, et l'ennemi se retirait en désordre vers la citadelle. — Le soleil couchant éclairait une nouvelle victoire des volontaires sur les soldats mercenaires d'un despote. (D'un ton très doux.) Ce n'est rien que de vaincre, il faut savoir profiter de la victoire. Combien de succès signalés se sont transformés en revers, parce qu'on n'a pas su les poursuivre. Rappelez-vous bien ceci, Kernos : Qui dure est vainqueur ! (Il regarde sa montre et allant à droite.) Pas de nouvelles du camp ennemi ! Vais-je encore être obligé de faire verser le sang ? Oh ! la guerre ! la guerre entre citoyens, entre fils de la même terre !

SCÈNE VII

GARIBALDI, KERNOS, Un Parlementaire Napolitain, les yeux bandés, Soldats Garibaldiens, remplissant le fond de la scène.

GARIBALDI.

Qu'est-ce ?

BIXIO.

Général, un parlementaire.

GARIBALDI.

Qu'il approche. (Bixio enlève le bandeau qui couvre les yeux du parlementaire qui va pour parler. Garibaldi ne lui en laisse pas le temps.) Monsieur, vous êtes cernés autour de Solano ; impossible à vous d'être secourus ; c'est la seule situation où il soit permis de capituler pour éviter une inutile effusion de sang. — J'offre à votre général de faire accompagner ses officiers d'état-major jusqu'à nos lignes, en amont et en aval, afin qu'il soit bien certain qu'il ne peut compter sur aucun secours. Voyez ! ici nous sommes inexpugnables. (Montrant la gauche.) Par là, les troupes qui remontent de Reggio. (Montrant la droite.) Et de ce côté celles qui ont traversé hier le détroit... devant vous, la mer. — J'accorde une heure pour qu'on prenne un parti. Si, d'ici là on n'a pas capitulé, je commencerai le feu. Allez. (Aux soldats qui affluent sur la scène et la garnissent au fond.) Mes braves, vous avez une heure pour vous reposer et manger une bouchée de pain.

Le parlementaire napolitain à qui on a rebandé les yeux se retire accompagné par un officier garibaldien.

KERNOS.

Vous espérez donc qu'ils vont capituler ?

GARIBALDI.

Comment voulez-vous qu'il en soit autrement ? Nous les avons enfermés dans un vrai cul-de-sac. — Tous les forts du détroit vont être entre nos mains, la flotte ne pourra plus venir nous y inquiéter. — Je vais partir en avant.

KERNOS.

Encore ?

GARIBALDI.

Il le faut. Prenez les dispositions nécessaires pour que toutes les troupes disponibles en Sicile passent sur le continent et se dirigent, en longeant la côte, vers le golfe de Salerne. Celles qui sont déjà ici, s'y rendront

7.

aussi à marches forcées. (Il réfléchit un instant.) C'est aujourd'hui le 24 août, il faut que tout notre monde soit
là au plus tard le 6 septembre.

KERNOS.

Mais, général, il y a vingt étapes au moins, d'ici à
Salerne; et le long de la route, il y a des troupes napolitaines échelonnées.

GARIBALDI.

Eh bien! on les refoulera. Est-ce que les volontaires
prendraient l'habitude de compter les étapes, à mesure
qu'ils perdent celle de compter leurs ennemis? On cou-
pera au plus court, à travers les rochers; et cette fois
encore, on fera l'aigle. — Il faut que tout le monde soit
devant Salerne le 6 septembre.

Il va vers le fond et observe à gauche. Kernos se met à
écrire sur son carnet de campagne dont il déchire ensuite
les pages qu'il remet à des officiers qui partent aussitôt dans
diverses directions.

SCÈNE VIII

LES MÊMES. — Rentrée de GASPARD,
puis MADAME QUÉROLI, GIOVANNI, BALILA
et MISS STRONG.

GASPARD *.

On va repartir? (Il reprend son fusil, presse sa musette qu'il
secoue et aplatit.) Voilà, — fourniment complet.

KERNOS.

Ce n'est pas les bagages qui te gêneront, n'est-ce
pas ?

* Kernos, Gaspard, Miss Strong.

GASPARD·

Ni les vivres non plus : Du pain quand on peut, des figues fraîches tant qu'on veut, et de l'eau à discrétion. (Il rit en goguenardant.) Y a pas d' crainte, au moins, que les riz-pain-sel vous rognent les rations, ou arrivent en retard pour la distribution. (Désignant miss Strong.) Heureusement j'ai là une poire pour la soif, un beurré gris d'Angleterre, quoi !

BIXIO, revenant accompagné du parlementaire napolitain.

Général, une lettre autographe du roi.

GARIBALDI.

Du roi? Lequel?

BIXIO.

Du roi de Naples.

GARIBALDI.

Ah! de Franceschiello? Voyons ce qu'il peut bien m'écrire. (Il met son pince-nez et lit un instant, puis appelle ses officiers qui l'entourent.) Ecoutez : On me demande la paix et voici ce qu'on m'offre. (Lisant.) « Indépendance de la Sicile et de toutes les possessions de la couronne, au delà du détroit. — Droit de lever des volontaires dans tout le royaume. — Promesse de coopérer avec cinquante mille hommes de l'armée royale à la reprise de la guerre contre l'Autriche. »

Les officiers rient en se frottant les mains *.

KERNOS.

La fameuse sainte alliance est donc rompue?

GARIBALDI.

Attendez, attendez, ce n'est pas tout. (A Fruscianti.) Ecoute ça, toi! (Lisant.) « Et avec toute la flotte napolitaine contre Ancône et contre les légations. » Qu'est-ce que tu dis de ça, révérend?

* Kernos, Garibaldi, Fruscianti, derrière le général Balila.

FRUSCIANTI, joignant les mains.

Jésus, Marie, Joseph !

GARIBALDI.

Il y en a encore. (Lisant.) « *Engagement de payer immédiatement vingt millions comptant.* »

KERNOS.

Vingt millions !

Fruscianti se frotte les mains de satisfaction.

GARIBALDI, s'adressant à Balila et lui remettant la lettre.

Aux archives !

Balila serre la lettre dans son sac.

KERNOS, montrant le parlementaire.

Général, on attend la réponse.

GARIBALDI.

Ma réponse ? — Je refuse. (Il regarde sa montre.) L'heure approche. — Donnez l'ordre qu'on soit prêt à attaquer de tous côtés à la fois.

Il monte sur le deuxième praticable.

FRUSCIANTI.

Mais qu'est-ce qu'il lui faut donc alors ?

KERNOS.

Ce qu'il lui faut, révérend ? C'est Naples d'abord, Rome ensuite.

FRUSCIANTI, à part.

Il en voudra tant qu'à la fin il n'aura rien du tout.

MADAME QUÉROLI, allant au colonel et suivie de Giovanni.

On va se remettre en marche, n'est-ce pas ?

KERNOS.

Se battre d'abord, peut-être, et partir aussitôt après.

MADAME QUÉROLI, à Giovanni.

Eh bien, préparons-nous.

KERNOS.

Comment ? vous voulez aussi suivre le mouvement ?
C'est impossible ; il ne s'agit plus, cette fois, d'une marche forcée, mais d'une course vertigineuse ; c'est vraiment trop exiger de ces braves volontaires.

MADAME QUÉROLI.

Trop exiger ? N'a-t-il pas le droit de tout exiger des
autres, lui qui s'est donné tout entier à la patrie ? Comment les femmes dont les maris obéissent à sa voix, se
plaindraient-elles, quand elles savent que depuis dix
années déjà, la mère de ses enfants, Annita, l'héroïne
américaine, l'ange des batailles, dort, à l'ombre du
mausolée du Dante, sous la terre de Ravenne que foule
encore le pied de l'étranger ? — Oui ! il prend aux mères
leurs fils, mais n'entraîne-t-il pas aussi tous les siens,
avec lui, dans la fournaise ? (Montrant Giovanni.) A quoi
nous servirait d'élever des enfants, si c'était pour les
vouer à la servitude et à la honte ? — Nos frères de Venise,
du Tyrol italien et de Rome attendent de nous la délivrance ; nous n'aurons droit au repos que lorsque nous
la leur aurons apportée. — Il faut être à Salerne, le
6 septembre, a dit Garibaldi ; le 6 septembre, pas un ne
manquera à l'appel.

Giovanni se rapproche d'elle et elle le serre sur son cœur.
On entend la fusillade qui recommence au loin sur la gauche.

GARIBALDI, revenant au milieu de la scène.

Il paraît que l'ennemi ne veut pas capituler ; eh bien
soit, puis qu'il m'y force, finissons-en, et au plus vite.
(Le feu se rapproche.) Une colonne ennemie se dirige de ce
côté. Ils s'aperçoivent que c'est ici la clé de la position, mais ils s'en sont aperçus trop tard. (Observant encore.) Nos avant-postes reculent. (Se retournant vers les coulisses de droite.) Attention là, voici l'ennemi.

Quelques garibaldiens reculent, face à l'ennemi, de gauche à

droite. — Les Calabrais tiraillent du haut des praticables. —
Le feu continue des deux côtés de la scène. — Mouvements,
combat entre les Garibaldiens et les Napolitains.

KERNOS.

Heureusement, voici aussi les nôtres.

GASPARD

Et le commandant de Flotte, ça va chauffer.

La voix de de Flotte dans la coulisse.

A moi, France !

SCÈNE IX

Les Mêmes, DE FLOTTE, à la tête de la compagnie française.

GARIBALDI, à de Flotte.

Commandant, nous allons prendre en flanc l'ennemi
qui approche. Empêchez qu'il puisse nous prendre à
revers.

DE FLOTTE, se tournant vers ses hommes.

Halte ! (La compagnie française s'arrête à la position de apprêtez armes. — Les Garibaldiens et les Picciotti marchent vers le fond
à gauche, on entend des coups de feu. Giovanni s'approche au premier
rang.) Tant qu'un de nous pourra tenir son fusil, il ne
faut pas qu'un Napolitain franchisse cette ligne. (A Giovanni placé au premier rang près de lui.) Ce n'est pas
votre place ici, allez à votre compagnie. (Il s'avance vers la
coulisse, revient vivement et crie :) Attention ! (Le feu se rapproche,
des Napolitains apparaissent.) Feu de file ! (Décharge générale
de la compagnie.) En avant ! (La compagnie se précipite vers la
coulisse ; les coups de feu s'éloignent et deviennent plus rares. Quand
les derniers soldats de la compagnie française vont disparaître, Gio-

vanni revient et cette fois de Flotte le repousse presque brutalement et le couvre en disant, et face à l'ennemi :) Mais retirez-
vous donc. Je vous ai ordonné d'aller à votre compagnie.

> Deux Napolitains restés cachés au premier plan déchargent
> leur arme sur de Flotte au moment où il s'élance à la suite
> de sa compagnie. — De Flotte et Giovanni tombent, ainsi
> que quelques autres soldats *.

SCÈNE XI

GARIBALDI, revenant avec KERNOS, après eux BALILA,
FRUSCIANTI et PEAR, puis MISS STRONG,
MADAME QUÉROLI et LE PORTE-SAC.

GARIBALDI.

Allons, ce n'est qu'une escarmouche, mais elle aura
son importance, quoi qu'elle ne nous ait causé que des
pertes insignifiantes.

KERNOS, voyant de Flotte étendu par terre et se précipitant à
genoux près de lui.

Vous vous trompez, général.

GARIBALDI, voyant étendu de Flotte, dont Kernos relève la tête.

De Flotte, mort ?

KERNOS, mettant la main sur le cœur de de Flotte.

Non, il respire.

Gaspard et Kernos relèvent de Flotte.

DE FLOTTE.

Merci ! Encore vainqueurs, n'est-ce pas ? Vive la
France ! — Vive l'Italie ! (Pendant ce temps on a apporté un

* De Flotte, Giovanni.

brancard qu'on place derrière lui, et sur lequel il tombe en disant :) Vive la république !

KERNOS.

Mort !

MADAME QUÉROLI, arrivant avec le porte-sac et voyant son fils étendu à terre.

Hélas ! c'est fini cette fois !

Elle se relève, aidée de miss Strong.

KERNOS, montrant de la main le cadavre de de Flotte.

Mort!

Il arrange sur le cadavre le drapeau français.

MADAME QUÉROLI.

Non ! vivant.

GARIBALDI *.

Le sang de cet homme mêlé à celui de cet enfant, sur cette terre, cimentera plus encore l'union des patriotes italiens et français. (Montrant Giovanni.) Il nous aidera à nous acquitter.

MADAME QUÉROLI, embrassant son fils.

Tu entends, Giovanni?

GIOVANNI.

Oui, mère; c'est en me couvrant de son corps qu'il a été mortellement frappé. Je m'en souviendrai.

MADAME QUÉROLI.

Que les mères républicaines apprennent à leurs enfants à ne jamais séparer les intérêts de l'Italie de ceux de la France !

KERNOS.

La cause du peuple vient de perdre un de ses plus no-

* De Flotte, Kernos, Garibaldi, Giovanni, madame Quéroli.

bles défenseurs. C'est aujourd'hui jour de deuil pour la
démocratie.

Il s'agenouille derrière le brancard.

GARIBALDI.

Nous avons perdu de Flotte. — Noble fils de la France,
il était un de ces êtres privilégiés qu'un seul pays n'a
pas le droit de regarder comme sien. — Non ! Paul de
Flotte appartient à l'humanité tout entière, parce que,
pour lui, la patrie était partout où un peuple courbé
et abattu se relève pour conquérir sa liberté. — Il a combattu pour l'Italie comme il aurait combattu pour la
France. — Cet homme illustre est un lien précieux pour
la fraternité des peuples et pour l'avenir de l'humanité. — Mort dans nos rangs, il était, avec un grand nombre de ses braves concitoyens, le représentant de cette
généreuse nation qu'on peut arrêter un moment, mais
qui est destinée par la Providence à marcher à l'avant-
garde de l'émancipation des peuples et de la civilisa-
tion du monde. (Avec énergie.) Adieu, de Flotte ! (Il se
découvre.) Vive la France !

Il s'approche de Kernos et lui donne la main.

CRI GÉNÉRAL ET PUISSANT DE :

Vive la France !

Les clairons sonnent aux champs.

Rideau.

ACTE QUATRIÈME

CINQUIÈME TABLEAU

UN SALON POLITIQUE A NAPLES

Le théâtre représente un riche salon. — Une grande table au milieu avec papiers et écritoire de luxe. — Au fond à gauche, sur un fût de colonne, la statue du roi Bomba en costume de Minerve. — A droite, une grande fenêtre donnant sur un balcon. — A gauche, un canapé. — Porte latérale à gauche. — Au fond et au milieu, grande porte avec portières. — Près de la fenêtre, un guéridon avec un verre d'eau.

SCÈNE PREMIÈRE

LA DUCHESSE DE SAN-PRIVATO, nonchalamment étendue dans un fauteuil près de la table et s'éventant. — PEPPINA, la bonne, un plumeau à la main, époussetant les meubles.

LA DUCHESSE.

Allons, Peppina, allons, tu n'en finiras jamais si tu vas si lentement.

PEPPINA, jetant son plumeau sur un siège.

Si lentement? Je renonce à faire la besogne, ici...
Quand je suis entrée à votre service, il y avait quatre
domestiques, et aujourd'hui me voilà presque seule,
pour tout faire... J'en ai assez... cherchez-en une autre
pour cuire votre macaroni, épousseter les meubles et
soigner les toilettes de mademoiselle.

LA DUCHESSE.

Voyons, Peppina! c'est un mauvais moment à passer.
Le départ de la cour nous oblige, il est vrai, à vivre
de peu; mais ils reviendront bientôt nos amis, et alors,
toi aussi tu seras récompensée de ta fidélité, de tes
services... de ton dévouement.

PEPPINA.

Vos amis? de jolis messieurs! Est-ce qu'en partant
ils n'auraient pas dû songer à la situation dans laquelle
ils allaient vous laisser?

LA DUCHESSE.

Que veux-tu? ma chère petite, tout le monde en est
là, à Naples. Ce départ a été si précipité, on s'attendait si peu à ce qui arrive, que personne n'a songé à
se pourvoir.

PEPPINA.

Je sais bien ce que je ferais, si l'on manquait ainsi
d'égards envers moi.

LA DUCHESSE.

Et qu'est-ce que tu ferais?

PEPPINA.

Oh! oh! c'est bon; je m'entends

Bruit de voiture au dehors.

LA DUCHESSE.

Serait-ce déjà ma belle Impéria qui revient?

PEPPINA, allant voir à la fenêtre.

C'est elle.

LA DUCHESSE, se levant.

Que signifie? c'est à peine l'heure de la promenade du matin.

SCÈNE II

LES MÊMES, IMPÉRIA.

IMPÉRIA, entre brusquement, l'air très agité, jette son mantelet à Peppina.

Ah! les misérables!

LA DUCHESSE.

Après qui en as-tu, mon Impéria?

IMPÉRIA.

Laissez-moi! (Marchant vivement de droite à gauche, et mordant dans son mouchoir.) Peppina, de l'eau!

Peppina court prendre un verre d'eau dans lequel Impéria trempe à peine ses lèvres. — Elle retourne le porter sur le plateau, après un petit moment d'attention.

LA DUCHESSE.

Mais enfin! qu'est-ce qu'il y a?

IMPÉRIA.

Ce qu'il y a? Il y a qu'ils m'ont insultée.

LA DUCHESSE.

Ils t'ont insultée? mais qui?

IMPÉRIA.

Qui? cette populace maudite. Oh! la vengeance!

S'asseyant, le menton dans la main, dans l'attitude du pense-
roso.

LA DUCHESSE.

Ma belle Impéria, ma reine, ils ont osé t'insulter,
ces faquins? Et il ne s'est pas trouvé là un homme
pour te protéger?

IMPÉRIA.

Un homme? vous appelez ça des hommes? Depuis
que Volpe a quitté Naples, à la suite du roi, ces beaux
messieurs me croient abandonnée; les courtisans ont
disparu. Cette populace s'agite maintenant que son
héros, son Dieu, (Avec mépris.) ce Garibaldi est arrivé à
Salerne; et l'on ne voit plus ces fringants désœuvrés,
les sigisbées, caracoler à Chiaja, autour de nos carros-
ses. Ils ont peur, ils se cachent. — Tout le monde est
atteint ici de la garibaldine. — Aujourd'hui, à la promenade du matin, au bord de mer, c'est à peine s'il y
avait sept ou huit voitures; pas un cavalier. Il n'y a
plus que les femmes pour avoir du courage. Aussi, ils
ont beau jeu, ces misérables lazzaroni.

LA DUCHESSE.

T'insulter, toi!

IMPÉRIA, se retournant vers la statue de Bomba.

Ah! s'il vivait encore, ce bon roi, notre père.

Elle se laisse tomber languissamment dans son fauteuil. Peppina va reprendre son plumeau et se dirige vers la statue.
La duchesse porte la main à ses yeux.

PEPPINA, époussetant la statue.

La voix du sang. Ah! cher Nazone, on avait bien
raison de te représenter en déesse de la sagesse!

LA DUCHESSE, envoyant un baiser à la statue.

Oui, oui... Lui, vivant, nous n'en serions jamais ar-
rivées là. — Oh! quand je pense qu'aujourd'hui, pour
soutenir notre rang, pour te parer, ma belle Impéria,
mon orgueil, ma joie, nous sommes obligées de nous
imposer des privations.

IMPÉRIA, d'un air satisfait.

Cependant, il y en a encore de plus malheureux que
nous.

LA DUCHESSE.

Va, va... Quoi qu'il arrive, tu seras toujours la première.

Impéria va s'asseoir près de la table, sa mère la suit en ra-
justant sa toilette.

IMPÉRIA, railleuse.

Écoute ce qu'on dit! (Peppina se rapproche familièrement de
la table.) Les filles de la principesse Sapone... Tu sais bien,
celles qui, autrefois, sortaient toujours ensemble? eh
bien! maintenant on ne les voit plus que seules... Sais-
tu pourquoi?... Il n'y a plus de bijoux et de dentelles
que pour une d'elles, et elles les mettent l'une après
l'autre.

La duchesse et Peppina ont l'air ravi.

LA DUCHESSE.

Vraiment; c'est pour ça?

IMPÉRIA.

Oui. Et les Carnioli. Sais-tu le bruit qui court, depuis
que leur frère, le surintendant des théâtres, a reçu un
coup de poignard en sortant de l'académie de danse?

LA DUCHESSE et PEPPINA, se rapprochent encore.

On prétend qu'elles ont adressé une supplique pour

avoir indemnités et pensions, sous prétexte que Carnioli a été frappé pour cause politique et dans l'exercice de ses fonctions.

PEPPINA.

Comment ça? il a été frappé? Par qui?

IMPÉRIA.

Je te l'ai dit; en sortant de l'académie de danse; par le frère, le mari ou l'amant d'une danseuse à qui il avait fait un... passe-droit.

LA DUCHESSE, d'un air convaincu.

Mais alors, il était bien dans l'exercice de ses fonctions, il me semble?

IMPÉRIA.

Oh! c'est égal, il faut être descendu bien bas pour invoquer de pareils motifs.

PEPPINA.

Et, il est mort, Carnioli?

IMPÉRIA.

Non.

PEPPINA.

On a pris l'assassin?

IMPÉRIA, minaudant, prenant un flacon des mains de Peppina
et le portant à son nez.

Non! comment veux-tu? Les rues, les places, toute la basse ville, où sont situés nos théâtres et nos promenades, appartiennent maintenant au peuple. Bientôt, si ça continue, nous ne pourrons plus sortir. (Se levant en colère, jetant par terre le flacon, et à très haute voix.) Oh! quelle honte! L'on voit bien que Volpe n'est plus là et que la police est impuissante.

SCÈNE III

Les Mêmes, CORVO, COSTA, à quelques pas en arrière, et allant vers la fenêtre.

Corvo en entrant salue de la main la duchesse et va vers Impéria.
— Musique. — La duchesse sort, faisant une révérence. — Peppina va près de la fenêtre où est Corvo, lui prépare un verre
d'eau sucrée que celui-ci boit lentement, en faisant le gracieux
avec elle. — Corvo dépose des papiers sur la table.

CORVO.

Eh bien! eh bien! on dit du mal de la police, ici; et
c'est vous, belle Impéria *?

IMPÉRIA.

Vous me paraissez bien joyeux ce matin. Vous savez, cependant ce qui m'est arrivé, n'est-ce pas? Qu'a-
vez-vous fait?

CORVO.

Moi, rien. — J'ignore...

IMPÉRIA.

Vous ignorez? vous! mais que font donc tous vos
agents? Où sont-ils? puisque je ne suis même plus
protégée contre la canaille.

CORVO.

Comment, protégée? vous avez besoin d'être protégée, vous que tout le monde respecte, admire comme
la plus belle?

* Corvo, Impéria.

IMPÉRIA.

Oh! laissez là vos compliments. Savez-vous ce qu'elle criait tout à l'heure, là-bas, à Chiaja, en courant après mon carrosse, cette plèbe déguenillée, jadis si humble, si arrogante aujourd'hui? — Elle criait, en me montrant au doigt. La sanfédiste! la favorite! (Elle passe à gauche.) la Corva!

CORVO.

Oh!

IMPÉRIA.

Oui! la Corva; comprenez-vous? comme si j'étais votre prostituée. — Ah! quand Volpe le saura...

CORVO.

Mais c'est infâme! Il ne faut pas que son éminence, le général de l'ordre le sache. (Se tournant vers Costa qui repasse précipitamment le verre d'eau sucrée à Peppina.) Costa! laisse-nous.

Costa sort par la porte du fond. Peppina par la porte latérale à gauche.

SCÈNE IV

IMPÉRIA, CORVO.

CORVO.

Les misérables! ils paieront cher leur crime.

IMPÉRIA.

Ils auraient dû le payer déjà.

CORVO, la conduisant au canapé et restant debout près d'elle.

Patience! je vous en conjure; les choses vont changer de face : jusqu'ici on avait cru que les soldats suf-

8

firaient à nous préserver de cette invasion de brigands,
et nous n'avions qu'un rôle subalterne. Je puis vous
dire ce secret à vous, la... la confidente de notre vénéré
général. — Grâce à Dieu, ses conseils ont prévalu, et l'on
regrette maintenant, un peu tard c'est vrai, mais enfin,
on regrette de ne pas avoir, dès le début, obéi à nos
humbles avis; de ne pas avoir écrasé le reptile dans
l'œuf. — Morte la bête, mort le venin. Bientôt ces héréti-
ques, privés de leur chef, ne pourront plus rien.

IMPÉRIA, avec animation.

Parlez! parlez!

CORVO.

Oui, toute cette canaille, ces lazzaroni, avec ceux qui
les poussent en avant, ces libéraux que le voisinage
des volontaires rend si hautains, auront à rendre
compte de tous leurs crimes devant nos tribunaux. Mon
maître, notre général, sera satisfait de mes services.
Vous serez vengée, belle Impéria.

IMPÉRIA.

Mais quand?

Ils vont s'asseoir près de la table du milieu.

CORVO *.

Mes ordres sont donnés. Et tenez, vous avez vu tout
à l'heure ce Costa? Vingt fois, il aurait pu nous débarrasser de Garibaldi. Grâce à une manœuvre que j'avais
préparée de longue main, il a pu l'approcher, à tout
instant, pendant près d'une année. — Mais les soldats en
avaient décidé autrement. Ah! la leçon a été dure! Ils
comptaient anéantir d'un seul coup ce ramassis de républicains de toute la péninsule, et en moins de six
mois, voilà tous ces drôles arrivés devant Salerne,
presque aux portes de Naples.

---

* Impéria, Corvo.

IMPÉRIA.

Et maintenant?

CORVO.

Maintenant, c'est nous qui commandons, et c'est à eux d'obéir. Prions Dieu pour qu'il en soit de même partout. — J'ai reçu ce matin, et j'ai là (Il montre les papiers qu'il a déposés sur la table.) les décrets royaux que m'a envoyés notre illustre général.

IMPÉRIA.

Pourquoi, puisqu'il devait suivre le roi, m'a-t-il laissée ici? ma position dans Naples n'est plus supportable.

CORVO, mielleusement.

Oh! vous n'auriez pu le suivre aux camps. Songez donc? le respect humain.

IMPÉRIA, minaudant.

Vous, du moins, vous ne m'abandonnerez pas?

CORVO.

Vous abandonner? moi! vous ne le pensez pas. Écoutez, et vous saurez ce que j'ai déjà fait, ce que je veux faire. (Appelant.) Costa !

COSTA, apparaissant.

Monsignor?

CORVO.

Dis à Foresta qu'il vienne.

COSTA.

Le voici.

SCÈNE V

LES MÊMES, FORESTA.

FORESTA, avec désinvolture.

Vous avez quelque chose à me demander?

CORVO, toujours assis et négligemment.

A vous demander? non. — Voici un pli du roi pour vous.

FORESTA, étonné.

Du roi! Comment se fait-il que ce soit vous qu'on ait chargé de me le remettre?

CORVO.

Lisez.

FORESTA, passant à droite et lisant, avec un air dépité.

« *Les autorités civiles et militaires de la ville de Naples obéiront, jusqu'à nouvel ordre, au secrétaire intime de notre féal et aimé Volpe, monsignor Corvo,* (Il regarde Corvo avec une colère concentrée.) — *monsignor Corvo, à qui je délègue, pendant mon absence, mes pouvoirs suprêmes sur la capitale de mon royaume.* » (Après un moment d'hésitation, il s'approche avec dépit de Corvo.) Monsignor qu'ordonnez-vous?

CORVO, avec une hauteur affectée et lui tendant un pli.

D'abord, ceci pour le commandant du fort Saint-Elme. — Vous ferez établir, en avant de cet hôtel, des pièces d'artillerie qui puissent balayer les rues de Tolède et de la Douane. — En cas d'émeute, les troupes qui sont dans la basse ville regagneront leurs casernes; les autres se replieront vers les hauteurs. On abandonnera à l'émeute, si elle éclatait, toute la partie basse de la ville.

Qu'il y ait ici un solide cordon de troupes de toutes armes, pour empêcher les communications avec la ville haute, et la route d'Aversa... S'ils bougent en bas, qu'on les mitraille.

FORESTA.

Mais tout ce que vous ordonnez là était déjà en cours d'exécution, avant que vous preniez la peine de...

CORVO, impatienté.

Assez! qu'on suive strictement mes ordres...

FORESTA, en se retirant et montrant la fenêtre.

Voyez vous-même au bas de cette fenêtre.

Impéria va s'asseoir sur le canapé et feint de lire un journal.

SCÈNE VI

Les Mêmes, moins FORESTA.

COSTA, ayant regardé par la fenêtre.

Monsignor, par ici, regardez.

CORVO, allant majestueusement à lui.

Quoi?

COSTA.

La jeune fille que nous avions emmenée de Solano et qui est parvenue à nous échapper, celle dont Villa suit la piste depuis quinze jours.

CORVO, précipitamment et regardant à son tour. — Impéria l'observe.

Elle! Cours, fais qu'elle n'échappe plus cette fois. (Avec passion.) Ah! enfin!

8.

COSTA.

Mais...

CORVO.

Il me la faut, entends-tu? Je veux l'avoir. Qu'on s'empare d'elle.

COSTA.

En plein jour, au milieu du peuple? Elle me reconnaîtra, elle criera... Ça peut amener un soulèvement!

CORVO.

Un soulèvement? Tant mieux, on l'écrasera. (Voyant que Costa reste immobile.) Eh bien! tu te permets d'hésiter, je crois. — Au surplus, écoute. (Il l'amène sur le devant à l'écart.) Dès que la jeune fille sera entre nos mains, tu ne t'occuperas plus que de nous débarrasser de ce chef de brigands.

COSTA.

Mais comment? Autrefois c'était aisé, aujourd'hui c'est impossible.

CORVO.

Impossible ? par exemple! Et le poison ?

COSTA.

Le poison? Avec un homme qui vit, en pleine route, d'un morceau de pain partagé avec un de ses officiers et de fruits cueillis au hasard? — On ne peut pas empoisonner tous les figuiers ni toutes les sources du chemin.

CORVO.

Tu t'arrangeras comme tu voudras, pourvu que tu réussisses. Dépêche-toi; trouve quelqu'un.

COSTA.

Où trouver quelqu'un, après que Talarico...?

CORVO.

Eh bien! Et toi? Tu n'as pas ces scrupules, je pense. Obéis, sinon!

Fausse sortie de Costa.

IMPÉRIA, se levant et allant vers la fenêtre.

Mais qu'avez-vous donc, monsieur le comte? cette colère?

CORVO, se ravisant.

C'est... c'est qu'il y a là une personne dont nous avons le plus grand intérêt à nous emparer.

IMPÉRIA, à la fenêtre.

Cette jeune fille? Mais on dirait qu'elle cherche à franchir la ligne des soldats qui l'empêchent de passer.

COSTA, derrière Corvo, et à demi-voix.

Il suffirait de lever pour elle la consigne que vous avez donnée. Une fois en dedans de nos lignes, il n'y aurait plus rien à craindre.

Impéria s'assied près du guéridon à droite et se met à se faire les cartes.

SCÈNE VII

LES MÊMES, FORESTA, revenant, et sur le devant à gauche.

Vos ordres sont exécutés. Je viens de voir là-bas, cette Paola qu'on croit être la complice de Nullo, et si elle cherche à gagner la haute ville, c'est que Nullo s'y trouve. — Par elle nous le découvrirons aisément, et nous

saurons ainsi où doit aller Garibaldi, puisqu'il le précède partout.

CORVO, à Foresta.

Vous dites la complice de Nullo?

COSTA.

Sa complice, peut-être! mais sûrement sa fiancée.

CORVO, avec emportement et passant à gauche.

Tu dis sa fiancée? Il me les faut tous les deux. —
Qu'on mette tous les hommes sur pied, et que ce soir,
avant la nuit, ce soit fait. — Qu'on ne la perde pas de
vue. (A part) La torture saura bien arracher à ce Nullo
les secrets de Garibaldi qu'il précède partout où il doit
aller. — Alors ma fortune et mon bonheur sont également assurés. J'hérite du crédit du signor Volpe... Et
qui sait?

COSTA, regardant toujours par la fenêtre.

Villa est là, avec ses agents. Ils surveillent la Paola.

CORVO.

Fais signe à Villa de monter. Dès qu'il sera là, va
donner l'ordre pour qu'on laisse, comme par mégarde,
la signorina gagner la haute ville. (Il s'approche de la table, donne un pli à Costa.) Voilà l'ordre pour l'officier qui
commande le poste devant le palais d'Angri. (Costa
sort. — A Foresta.) Général, assurez-vous que tous les
postes sont bien gardés.

FORESTA, en se retirant.

Je n'ai plus la responsabilité des ordres, mais ceux
que j'ai reçus seront fidèlement exécutés.

Il sort.

SCÈNE VIII

CORVO, assis à gauche de la table, VILLA, IMPÉRIA, assise près du guéridon.

CORVO.

Ah ! te voilà, Villa ? fais ton rapport.

VILLA.

Monsignor, suivant vos ordres, Costa et moi.

CORVO.

Passe ! Arrivons au moment où tu as retrouvé la personne dont vous deviez vous emparer.

VILLA.

Je n'ai pu la rejoindre que hier, à Salerne, peu d'instants avant que n'y arrivât Garibaldi.

CORVO.

Pourquoi n'as-tu pas immédiatement exécuté mes ordres ?

VILLA.

C'était impossible, au milieu de cette population déjà tout acquise aux insurgés.

CORVO.

Ensuite ?

VILLA.

Je l'ai suivie à son départ pour Naples, ce matin.

CORVO, se levant vivement.

Elle est ici depuis ce matin et tu n'as pas réussi davantage.

VILLA.

Mais ici, monsignor, c'est comme à Salerne; et depuis que, cette nuit, on a trouvé dans la rue Sainte-Lucie, le cadavre de notre pauvre camarade Gambardella, un couteau planté dans le dos, avec cette inscription : justice du peuple, on ne rencontre plus un seul agent. — Ce n'est qu'en approchant de la haute ville que j'ai pu me faire reconnaître par deux de nos hommes et que nous avons commencé à filer régulièrement la jeune fille et à la serrer de près.

CORVO.

C'est bien. Va rejoindre Costa, il a mes instructions.

Fausse sortie de Villa.

VILLA.

Ah! j'ai aussi à vous dire que les garibaldiens...

CORVO, se levant et passant à droite.

Et que m'importent les garibaldiens !

IMPÉRIA.

Comment, monsignor, que vous importe?

CORVO, se ravisant.

Ce n'est pas ce que je voulais dire. Vous avez mal compris. Il y a une restriction mentale. (Revenant vers Villa, et comme à regret.) Eh bien ! les garibaldiens ?

VILLA.

Ils ne font que passer à Salerne; à peine arrivés, ils prennent la direction de l'Est, comme s'ils devaient remonter dans les Abruzzes.

CORVO.

Je savais bien qu'ils ne s'aviseraient pas de marcher vers Naples. — Quant à remonter vers les Abruzzes, ils oublient, sans doute, qu'il ont devant eux le Vol-

turne, et que, appuyée sur la place forte de Capoue,
toute l'armée royale est là, prête à les exterminer sur
les rives du fleuve. — Il ne s'agit plus cette fois d'une
guerre de montagnes, mais bien de batailles rangées, et
en plaine. (Remettant des ordres à Villa.) Voici des ordres
à expédier au quartier général. Que Foresta se charge
de les y faire parvenir et prenne ses mesures contre
les factieux de la ville.

> Villa sort, Corvo va s'asseoir à droite de la table, comme
> accablé par l'émotion.

SCÈNE IX

CORVO, IMPÉRIA.

IMPÉRIA, se levant et à part.

A nous deux maintenant. (S'approchant et mettant la main
sur l'épaule de Corvo.) Que de peines, n'est-ce pas?

CORVO.

Oh! mener de front toutes ces choses : la politique,
la guerre, la sûreté publique, c'est trop pour un seul
homme.

IMPÉRIA.

Surtout quand il y a encore autre chose.

CORVO, feignant l'étonnement.

Comment?

IMPÉRIA.

Oui! encore autre chose.

CORVO.

Que voulez-vous dire?

IMPÉRIA.

Pourquoi faire le discret avec moi ; — cette jeune fille ?

CORVO, hésitant.

Que croyez-vous donc ? Il ne s'agit là que d'une affaire politique, d'une affaire de sûreté publique.

IMPÉRIA.

Allons donc ! On ne me trompe pas moi. Je trouve cela bien naturel, d'ailleurs ; elle est vraiment jolie, cette Paola.

CORVO, se levant et avec passion.

N'est-ce pas qu'elle est belle !

IMPÉRIA, avec un geste indigné.

Ah ! vous l'aimez ; vous venez de vous trahir.

CORVO, se levant.

Eh bien ! eh bien ! oui. — Depuis plus de trois ans je rêve sa possession. C'est à en devenir fou. — Pour me faire aimer d'elle, il n'est rien que je n'aie fait. Ne pouvant y réussir, j'ai employé la ruse : son frère exilé, son père emprisonné, et dépossédé de tous ses biens, à la suite d'une conspiration que j'avais... qu'on m'avait dénoncée, et au sujet de laquelle j'avais affiché ouvertement ma sympathie simulée pour les accusés, j'ai essayé de tous les moyens. — J'espérais qu'elle viendrait solliciter leur grâce. Non-seulement je la lui eusse accordée avec joie, mais je les eusse encore tous comblés de faveurs. — Je pensais que l'espoir de délivrer son père, avec l'aide des révolutionnaires, la jetterait un jour dans mes bras ; aussi le faisais-je transférer dans les prisons des villes où nous devions nous arrêter, et où je voulais qu'elle vînt aussi. — Enfin ! j'ai réussi cette fois, et ce Nullo, qu'on dit son fiancé, paiera cher les tourments qu'il m'a causés.

IMPÉRIA, avec ironie.

De la jalousie? Allons, je vois que vous êtes vraiment amoureux.

CORVO.

Dites possédé.

IMPÉRIA, avançant vers lui et croisant les bras.

Eh bien ! Et moi ?

CORVO.

Vous ?

IMPÉRIA.

Oui, moi? — Au milieu de vos habiles combinaisons, quel rôle m'avez-vous réservé ?

CORVO.

Oh! ne craignez rien.

IMPÉRI .

Vous vous abusez, monsignor; je ne crains rien. Mais comment avez-vous pu supposer un instant que je consentirais à jouer les Ariane? — Vous oubliez donc quel est le sang qui coule dans mes veines ? Vous oubliez que vous me devez cette situation qui a fait de vous, agent d'une politique étrangère et tortueuse, presque l'arbitre des destinées du royaume de Naples.

CO VO.

Laissez-moi recueillir le fruit de toutes ces manœuvres, et alors...

IM RIA.

Alors?

CORVO.

Alors, nous n'aurons plus, ni l'un ni l'autre, besoin de dissimuler. Nous serons puissants, surtout par la faiblesse des autres.

IMPÉRIA, dédaigneusement.

Vraiment !

SCÈNE X

LES MÊMES, COSTA.

COSTA, revenant précipitamment.

Monsignor, monsignor !

CORVO.

Qu'est-ce, qui t'a permis?

COSTA.

Garibaldi...

CORVO.

Encore! Je te défends...

COSTA.

Mais le bruit court qu'il vient d'arriver à la gare.

CORVO, goguenard.

Arriver en chemin de fer, — à la gare, — comme ça, tout seul? — Au milieu d'une ville pleine de nos soldats? — Tu es fou.

Bruit dans la rue.

COSTA.

Ecoutez !

UNE VOIX DE FEMME, au dehors.

Je te dis que si.

DEUXIÈME VOIX.

Et moi je te dis que non.

PREMIÈRE VOIX.

Je l'ai vu.

Le bruit augmente.

VOIX DE L'OFFICIER NAPOLITAIN.

Arrière, canailles !

Bruit d'une rixe.

UNE VOIX.

Non...

AUTRE VOIX.

Si.

LA VOIX DE L'OFFICIER.

Au large !

PREMIÈRE VOIX DE FEMME.

Qu'est-ce qu'il veut, celui-là !

UN GRAND CRI DÉCHIRANT.

Ah ! les lâches !

CRI D'AGONIE.

Ah !

Silence subit.

LA VOIX DE L'OFFICIER.

On saura bien vous mettre à la raison. (Corvo s'approche de la fenêtre et regarde.) Au large !... Traînez-moi ça là-bas, dans un coin, et jetez une loque dessus.

CORVO, se retirant de la fenêtre.

A la bonne heure ! qu'on continue à les traiter comme ça, ces braillards, et ce sera bientôt fini.

SCÈNE XI

Les Mêmes, VILLA.

VILLA, entrant précipitamment, et d'une voix essoufflée.

Monsignor, le bas de la rue de Tolède est encombré de peuple.

> Brouhaha lointain ; quelques mesures de fanfares jouant l'hymne.

CORVO.

Des cris, du bruit, ce n'est rien que tout cela...

VILLA.

Mais ce n'est pas que du bruit.

CORVO.

Quoi encore ?

VILLA.

Garibaldi.

CORVO, frappant du poing sur la table.

Toujours ce nom-là ? Je défends qu'on le prononce devant moi.

VILLA.

Cependant...

CORVO.

Cependant, quoi ?

VILLA.

On dit qu'il entre entre en ville.

CORVO, marchant avec agitation.

Ah ! il entre en ville ? — Eh bien, tant mieux ! Mes

précautions sont prises, et s'il faut brûler la basse ville, on la brûlera.

VILLA.

Mais, monseigneur, cette milice citoyenne à qui le roi a confié la garde de la cité?

CORVO.

C'était une concession, une faiblesse du roi qui lui a fait signer ce décret. — Je ne connais que mon devoir. Les miliciens, tout comme les autres, on les écrasera. Allez, allez! Sortez tous.

Costa et Villa sortent. — Le bruit augmente au dehors. On
distingue les cris de : Vive Garibaldi! Vive l'Italie!
Le chant de l'hymne devient de plus en plus distinct.

CORVO.

Il faut faire taire ces braillards qui me cassent la tête. — Heureusement la fin approche.

Il va pour sortir.

SCÈNE XII

CORVO, IMPÉRIA.

CORVO, trouvant Impéria devant la porte.

Encore vous!

IMPÉRIA.

Pas même poli! Allons, je vois qu'en fait d'ingratitude, ceux qui vous ont envoyé à la cour de Naples ont eu la main heureuse. — Mais, monseigneur, pour être un habile diplomate, il vous manque une qualité essentielle (Un temps, et avec mépris.) que votre maître Machiavel appelait la fourberie dissimulée. (Marchant vers lui et après un autre temps.) Il vous manque... la prudence.

Le bruit augmente au dehors.

CORVO.

Impéria, livrez-moi passage; le devoir m'appelle.

IMPÉRIA, dédaigneusement.

Le devoir?... Vous parlez de devoir, vous qui, sans vous préoccuper du salut de la couronne, ne songez qu'à assouvir une passion inavouable.

CORVO.

Impéria!

IMPÉRIA.

Faut-il vous rappeler ce que, dans votre égarement, vous disiez tout à l'heure : Que m'importent les garibaldiens? (Elle va se mettre au milieu de la porte.) Ah! il vous la faut, cette fille du peuple? Eh bien! vous ne l'aurez pas.

CORVO.

Oh! ne me poussez pas à bout.

IMPÉRIA.

Des menaces, maintenant; décidément vous êtes infâme.

CORVO.

Mais vous n'avez donc jamais compris ce que la passion a d'impérieux?

IMPÉRIA, avec insolence.

J'ai cru le comprendre le jour où je suis descendue jusqu'à vous.

CORVO.

Ah! c'en est trop! (Il lui saisit le bras et la rejette à gauche.) Et puisque l'amitié reconnaissante de celui qui va sauver la couronne ne nous suffit pas, ne comptez plus que sur sa haine.

Il sort.

IMPÉRIA, avec menace.

Adieu, monsignor Corvo, — je vais préparer le succès de vos armes — et de vos amours.

Elle sort par la porte de gauche.

Changement à vue.

SIXIÈME TABLEAU

L'ENTRÉE A NAPLES

La scène représente la façade du palais d'Angri, à la jonction des rues de Tolède et de la Douane, au bout desquelles on voit la rade de Naples. — Soldats et artilleurs napolitains amenant quatre pièces d'artillerie pointées pour enfiler les deux rues.

Au lever du rideau, les artilleurs roulent les pièces. — Les soldats forment un cordon entre les pièces et les maisons, figurées par les coulisses des premiers plans. — En avant des soldats, des hommes et des femmes du peuple.

SCÈNE PREMIÈRE

VILLA, L'OFFICIER NAPOLITAIN, Hommes et Femmes du Peuple, Soldats Napolitains.

LA FEMME DU PEUPLE, à l'officier.

Mais je demeure là-haut ; laissez-moi passer.

L'OFFICIER.

On ne passe pas.

LA FEMME.

Alors, on ne peut plus rentrer chez soi, maintenant.

L'OFFICIER.

Pas tant de raisons, au large!

Rumeurs confuses. — Cris de : Vive Garibaldi!

VILLA, à l'officier.

Ils sont prêts, là-haut, au fort Saint-Elme?

L'OFFICIER.

Oui.

VILLA.

On vous a bien dit quelle est la consigne : Ne laisser passer personne venant de la ville basse, à l'exception d'une jeune fille que je vous désignerai?

L'OFFICIER.

Oui.

SCÈNE II

LES MÊMES, PAOLA, MISS STRONG, GIOVANNI,

en costume bourgeois, arrivant par la gauche au fond.

VILLA, désignant Paola.

La voilà, à côté de cette femme à costume excentrique.

L'OFFICIER.

C'est bien.

Les arrivants essaient de passer et éprouvent de la résistance mais l'officier laisse dégarni le coin près duquel est Villa.
— Quand Paola approche, on la laisse passer comme par négligence, et quand elle a passé, on retient Giovanni et

miss Strong. — Villa se met aussitôt à suivre Paola, qui voyant qu'elle n'est plus accompagnée par Giovanni et miss Strong veut d'abord revenir, mais en est empêchée et se décide alors à continuer sa route ; elle sort par le premier plan à droite.

GIOVANNI.

Impossible de la rejoindre maintenant.

MISS STRONG, voulant forcer la consigne et étant repoussée.

Aoh! je me plaindrai à mon gouvernement.

Cris plus marqués de : Vive l'Italie! Vive Garibaldi! Musique lointaine de l'hymne.

L'OFFICIER.

Au large!

GIOVANNI, à un soldat napolitain.

Mais, nous sommes tous frères, ici.

UN SOLDAT NAPOLITAIN, à l'un de ses camarades.

Certainement, nos femmes et nos enfants sont au milieu d'eux.

Arrivent quelques gardes nationaux en bizet, des hommes et des femmes du peuple. — Miss Strong s'agite au milieu d'eux.

FEMME DU PEUPLE, arrivant par le fond à droite.

Le voilà, le voilà!

L'OFFICIER.

Apprêtez armes!

Les artilleurs se rangent près des pièces, l'un d'eux a à la main la lance à feu près de chacune d'elles ; pendant qu'un autre avec le levier de pointage la met en direction. — Un autre artilleur a l'écouvion à la main ; les hommes sont à l'apprêtez armes! — On entend le bruit des chiens des fusils qu'on arme. — Les fantassins rangés en créneaux se préparent à faire feu. — Le bruit recommence plus fort.

FEMME DU PEUPLE, arrivant du fond à droite.

Silence, amis, on vous demande de faire silence. —

9.

Le voici, on a dételé les chevaux de la voiture. — Le peuple l'amène.

CRIS.

Evviva, le voilà !

Grand bruit et chants se rapprochant ; la foule, venant du fond à droite, augmente.

L'OFFICIER.

Au milieu de cette foule, je ne vois pas un seul homme armé. N'importe ! il ne faut pas se laisser déborder. (Il fait signe du sabre à un tambour qui fait un premier roulement.) Première sommation. Au large ! (Un peu de mouvement, le bruit est encore lointain. — Mouvements de lacet, de nouveaux hommes et femmes du peuple arrivent par la droite au fond. — Nouveau signe de l'officier, avec son sabre, — Deuxième roulement.) Pour la seconde fois, au large !

Même mouvement qu'après la première sommation. — Des hommes se sont glissés derrière l'officier qui est à droite, et le tambour qui est à gauche. — Au moment où l'officier lève pour la troisième fois le sabre, on le saisit, on le désarme. — On enlève les baguettes au tambour, la foule fait irruption, les artilleurs sont cependant toujours près de leurs pièces. — Le bruit augmente et approche, la musique de l'hymne devient très distincte.

CRIS DE :

Vive l'Italie une ! Vive Garibaldi !

SCÈNE III

LES MÊMES, moins L'OFFICIER NAPOLITAIN. Entrée de GARIBALDI en voiture découverte, conduite à bras, entourée de beaucoup D'HOMMES et DE FEMMES DU PEUPLE et DE BOURGEOIS, et avec lui, dans la voiture, KERNOS, FRUSCIANTI, et BALILA, puis PLUTINO.

CRIS DE LA FOULE.

Vive l'Italie une ! Vive le dictateur !

Tableau de la voiture au milieu des artilleurs prêts à faire feu
et des soldats. — Musique. — Garibaldi se lève, salue les
bizets. — On jette des fleurs sur la voiture. — Les femmes
placent des bouquets à la bouche des fusils des soldats.
Garibaldi toujours debout dans la voiture et saluant du
chapeau de droite à gauche. — Des drapeaux italiens sont
placés aux fenêtres. — Les artilleurs rangent au fond les
pièces, et les soldats présentent l'arme. — La fanfare joue
l'hymne de Garibaldi et à la fin de chaque couplet, la foule
crie : Dehors l'étranger!

FEMME DU PEUPLE.

Silence, camarades!

La musique cesse, au milieu d'une mesure. — Tout le monde
lève en l'air la main fermée, sauf l'index.

GIOVANNI.

Oui! oui! ainsi : (Levant la main fermée, sauf l'index.) Vive
l'Italie une!

GARIBALDI, descend de voiture. — A Kernos.

Que c'est beau, un peuple qui renaît à la liberté!
Vous voyez bien que vos craintes n'étaient pas fondées,
et que, portés par l'esprit de la révolution, sans armes,
seuls comme aujourd'hui à Naples, nous entrerons demain à Rome! — Rome qui, pour maintenir le pouvoir
temporel a dû recourir quarante fois à l'intervention
de la France, de l'Allemagne, de l'Autriche ou de l'Es-
pagne.

KERNOS.

Et qui fera encore appel à l'étranger, fût-ce même
au Grand Turc, n'en doutez pas.

PLUTINO, venant de devant, à gauche.

Seigneur dictateur, les troupes piémontaises sont
entrées dans les légations et ont battu les armées pon-
tificales à Castelfidardo. On dit que, laissant Rome de
côté, elles vont entrer dans les Abruzzes.

GARIBALDI, à Plutino.

Dans les Abruzzes, pourquoi faire? D'ailleurs nous y serons avant elles. (A Kernos.) Encore quelque machination des diplomates.

KERNOS.

Espériez-vous donc que la diplomatie désarmerait?

GARIBALDI.

Elle aura beau faire; c'est la révolution, la révolution seule qui aura fait l'Italie une et indivisible! Ne le voyez-vous pas d'après ce qui vient de se passer ici même. — L'œuvre du fusil est terminée, j'espère qu'il n'y aura plus de sang répandu et que la nation, sans armes, terminera maintenant ce que nous avons si heureusement commencé. (Grand mouvement et bruit dans les coulisses de droite) Quel est ce bruit?

PLUTINO.

Un prisonnier du fort Saint-Elme, que le peuple vient de délivrer.

Musique.

SCÈNE IV

LES MÊMES, LE VIEIL ARNOLDO, NULLO
et PAOLA.

GARIBALDI.

Encore une bastille qui tombe. (S'approchant du vieil Arnoldo qui arrive soutenu par des hommes du peuple : derrière lui, Nullo et Paola.) Je te salue, martyr. (A Kernos.) Veillez à ce qu'on lui fasse oublier toutes ses souffrances; et que, dès demain, on commence à jeter bas cette noire citadelle qui n'était qu'une menace pour le peuple de Naples et non une défense contre l'étranger.

KERNOS.

Puisque vous me laissez ce soin, je vous jure, général, que cette victime du despotisme aura vite oublié
tous les maux qu'elle a soufferts. Venez, vénérable Arnoldo, venez. (A Nullo et Paola qui veulent le suivre.) Non,
restez, laissez-moi faire.

> Le départ d'Arnoldo découvre Nullo et Paola qui sont der-
> rière lui.

GARIBALDI.

Ah! voici enfin Nullo, sain et sauf.

> Il lui tend la main que Nullo touche avec respect et qui, de
> l'autre, désigne Paola se préparant à suivre son père; — puis
> sortie de Kernos et d'Arnoldo.

SCÈNE V

LES MÊMES, moins KERNOS et ARNOLDO.

NULLO.

Heureux aussi!

PAOLA.

Oh! oui, bien heureuse.

GARIBALDI.

Et méritant de l'être. — (Désignant Paola.) Cette belle
enfant?

NULLO.

Général, c'est la fille de ce digne vieillard; elle com-
battait avec vous à Calatafimi et à Palerme, pendant
que, suivant vos ordres, et avec l'aide de nos amis des
comités, je préparais le terrain que devaient illustrer
vos armes.

GARIBALDI.

Vous êtes enfin tous réunis.

NULLO.

Oui, là-haut, devant le fort Saint-Elme, la fille a retrouvé son père après une longue et cruelle séparation. Le peuple, obéissant à ma voix, a pu forcer l'entrée de la citadelle. (Il prend des papiers dans sa vareuse et les tendant à Garibaldi.) Voici ce que nous avons saisi sur l'officier qui y commandait.

GARIBALDI, lisant.

« *Ordre au commandant du fort Saint-Elme de bombarder et de brûler la ville, si les garibaldiens y entrent. 6 septembre 1860,* » et c'est signé : le roi : François II. (A Balila en lui tendant le document.) Joignez cet autographe à celui que j'ai déjà reçu à Solano : ça servira plus tard à écrire L'histoire des monarchies absolues.

PLUTINO.

Mais la proclamation de la même date, par laquelle le roi confiait la garde de la cité à la milice bourgeoise?

GARIBALDI.

Paroles de roi.

PLUTINO.

Heureusement. Il y a dans l'armée des officiers patriotes.

GARIBALDI, souriant.

Oh ! le commandant du fort Saint-Elme, qui pouvait en effet brûler la ville, n'a pas désobéi à son roi; ce ne sont pas les garibaldiens qui sont entrés à Naples aujourd'hui, c'est moi, moi seul, sous la sauvegarde de vos édiles.

CRIS, ACCLAMATIONS, REPRISE DES MUSIQUES.

Vive le dictateur! dehors l'étranger!

GARIBALDI, appelant Nullo.

L'armée napolitaine est concentrée autour de la place forte de Capoue et sur la rive droite du Volturne, entre Capoue et Cajazzo. Il nous reste à la chasser de ses derniers retranchements, avant que l'armée piémontaise n'ait fait son apparition sur la frontière. — Déjà nos divisions marchent vers le fleuve, allez en avant d'elles dans les Abruzzes, continuez ce que vous avez si bien fait déjà en Sicile et dans les Calabres.

Nullo jetant un regard de regret sur Paola, qui lui indique du geste qu'il doit obéir.

GARIBALDI, se ravisant.

Ah! j'oubliais. — Restez, Nullo, vous avez assez fait déjà, pour avoir droit au repos et au bonheur : un de nos amis ira.

NULLO, après avoir regardé Paola qui l'approuve.

Non, non! général, je pars!

PAOLA.

Oui, pars, achève, je t'attendrai. — J'ai vécu jusqu'à ce jour entre le deuil et l'espérance. — La moitié de mes vœux est accomplie, puisque mon père nous est rendu. Remplis ton devoir jusqu'au bout, j'attendrai encore.

GARIBALDI.

L'exemple de madame Quéroli est contagieux. Les femmes italiennes sauveront le pays.

Balila introduisant Quémaro.

SCÈNE VI

LES MÊMES, QUÉMARO, rentrée de KERNOS *.

BALILA.

Un envoyé du camp piémontais.

GARIBALDI, avec humeur.

Déjà? Qu'y a-t-il, monsieur? (Quémaro lui remet un pli, Garibaldi lit un moment, puis s'adressant à Kernos.) Toujours la même tactique; comme l'année dernière, devant Milan; prière de ne pas pousser plus loin. — Il faut laisser aux mandarins la gloire de couronner l'œuvre. (Froissant le papier et le jetant à terre.) Eh bien ! non. Il n'en sera plus ainsi.

KERNOS.

Ah! si vous cessiez, une bonne fois, de vous laisser duper par tout ce monde-là, ce ne serait pas un malheur.

GARIBALDI, à Quemaro.

C'est bien, vous pouvez vous retirer, je porterai moi-même ma réponse au roi... à la frontière des Etats-Romains.

Il fait un geste de congé.

QUEMARO, hésitant, et après une fausse sortie.

C'est que, seigneur dictateur, j'avais à vous dire...

GARIBALDI, brutalement.

Quoi, encore?

QUEMARO.

On a appris que, dans leur marche vers Naples,

* Quémaro, Garibaldi, Kernos.

quelques corps de volontaires, en passant près des parcs royaux, détruisaient le gibier.

GARIBALDI.

Eh bien ?

QUEMARO.

En ma qualité d'intendant des chasses, je suis chargé de vous prier...

GARIBALDI, furieux.

Ah ! c'est trop fort ! — Ce n'est pas Vittorio qui vous a chargé de me dire cela. — En tout cas, répondez que, si en arrivant ici le roi d'Italie trouve quelques faisans de moins, il y trouvera neuf millions d'Italiens de plus. (Étendant les bras avec menace.) Allez.

Quémaro se retire, confus et à reculons, Balila lui remet son chapeau qu'il oubliait.

PLUTINO.

Seigneur dictateur. Pour consacrer à jamais la date de notre délivrance, le gouvernement provisoire de Naples dont les pouvoirs ont pris fin dès votre arrivée au milieu de nous, vous prie, de décréter une distinction honorifique, destinée à tous vos compagnons d'armes.

GARIBALDI.

Des distinctions, une croix ? Non. — Je n'en saurais comprendre d'autre, d'ailleurs, qu'un morceau de chaîne brisée, qui permît à chacun dé porter à sa boutonnière l'affirmation de sa foi républicaine. — Non, je ne décréterai pas cela.

PLUTINO.

On vous attend au palais royal.

GARIBALDI.

Non, je logerai ici, si le propriétaire veut bien nous

y donner l'hospitalité. — Venez, colonel, nous avons à travailler, et sérieusement. (Ils vont vers le palais; sur le pas de la porte, Garibaldi se retourne.) Amis, la consigne est levée, vous pouvez vous divertir.

> Chants et danses commencent. — On entend le canon. — Les cris, acclamations, chants, danses sont subitement interrompus par ce bruit.

GARIBALDI.

Rassurez-vous. C'est pour la dernière fois que les canons du fort Saint-Elme se font entendre, et ces salves d'artillerie, tirées en signe d'allégresse, annonceront aux anciens maîtres de Naples que leur pouvoir est brisé pour toujours.

> Les chants, les danses, les cris reprennent; des hommes du peuple montent sur les pièces du canon.

(Danse la Tarentelle et chant de l'hymne *ad libitum*.)

CHANT (*Traduction.*)

Du fond des tombeaux, tous nos morts héroïques
Se sont relevés superbes, radieux ;
Les voilà debout ces martyrs stoïques,
On les voit marcher l'éclair dans les yeux.
Ecoutez leur voix, elle crie aux armes,
Les drapeaux au vent! la guerre a des charmes,
Et le combattant se rit du danger,
C'est aux oppresseurs aujourd'hui de trembler.
Dehors d'Italie! l'heure en est venue ;
Hors d'Italie! Hors d'Italie chassons l'étranger.

LA FOULE REPREND LE REFRAIN.

Dehors d'Italie,
Etc., etc.

La terre des arts, patriotique rêve,
Redevient un camp où plane la mort,
Et de Legnano le prophétique glaive
Terrible et vengeur va briller encor.

Nous avons brisé le bâton infâme,
De la liberté suivons l'oriflamme.
Sus à l'ennemi ! par le fer, la flamme,
Frères, en avant ! courons nous venger.

LA FOULE REPREND LE REFRAIN.

Dehors d'Italie,
Etc., etc.

Les Alpes et deux mers ont tracé la limite
De notre Italie que nous voulons entière,
Sur les Apennins déployons la bannière
Donnée par le héros qui vient de Caprera.
Bientôt le char de feu dont le foyer crépite,
A travers les flancs des montagnes altières,
En un seul faisceau liant deux peuples frères,
Au monde étonné la paix imposera.

Dehors d'Italie,
Etc., etc.

REPRISE DU CHŒUR.

Rideau.

ACTE CINQUIÈME

SEPTIÈME TABLEAU

L'ABDICATION

Le théâtre représente le môle de Naples ; à droite, la colonne du fanal de position. — Vers le milieu du parapet est une coupée pour descendre dans les embarcations. — A gauche, la silhouette d'un cure-môle, une grue, un cabestan, des caisses, des ballots. — Le parapet est à hauteur d'appui et praticable. — Petit jour ; le fanal du feu de position est encore éclairé.

SCÈNE PREMIÈRE

COSTA et VILLA, déguisés en pêcheurs.

COSTA, montant par la coupée et regardant de droite et de gauche, puis se penchant au-dessus du parapet. — Musique.

Personne! Tu peux venir.

VILLA, montrant d'abord la tête à la coupée.

Mais où est donc Corvo?

Il monte sur le quai.

COSTA.

A quelque distance, dans un canot, et prêt à nous
venir en aide. — Le coup ne peut manquer cette fois,
nos précautions sont trop bien prises ; nous réussirons.

VILLA.

Où sont nos hommes ?

COSTA, montrant le cure-môle.

Là, cachés dans le cure-môle. — D'autres, feignant
de dormir, sont dans des embarcations, pour le cas im-
probable où il prendrait fantaisie aux voyageurs d'aller
embarquer autre part qu'ici.

VILLA.

Si cela arrivait cependant ?

COSTA.

C'est impossible. Le cas a été prévu. Un de nos
agents est entré comme homme de peine dans l'au-
berge où Arnoldo et sa fille sont logés. Il portera leurs
bagages et les conduira à cet embarcadère qui est le
plus rapproché du bateau en partance pour Gênes. L'important, c'est que Nullo ne les accompagne pas jusqu'à
bord.

VILLA.

Ah ! tant pis pour lui, si l'idée lui en vient : Corvo
ne reculera devant rien. — Un navire attend sous vapeur
à l'entrée du port et en quelques heures nous aura
conduits à Gaëte ou à Civita-Vecchia.

COSTA, allant s'asseoir sur les ballots.

Pauvre monsignor. C'est vraiment de la jettature
cela. — Cette Paola l'a complètement ensorcelé. — Aussi,
il n'avait que faire, en ces derniers temps, de penser à
Garibaldi et à ses volontaires.

VILLA.

Quel naïf ! ce Garibaldi, que ses administrateurs trouvent si grand ! Maître absolu du royaume des Deux-Siciles, hier il abdique et donne au roi de Piémont, pour orner sa couronne, le plus beau joyau de l'Italie. — Il était tout, il n'est plus rien. — On en aura facilement raison, maintenant, de ces Piémontais. Déjà nos amis se réveillent ; la Camorra, étouffée pendant la dictature de Garibaldi, reforme ses rangs et nous rouvrira bientôt les portes de Naples. — Enfin, le brigandage a recommencé de plus belle dans les Abruzzes.

COSTA.

Oui. Nous ne tarderons pas à revenir ici en triomphateurs.

VILLA.

Je l'espère.

COSTA.

Mais si l'on allait nous reconnaître ?

VILLA.

Au milieu de la nuit ? C'est impossible... ce déguisement nous rend méconnaissables.

Un léger bruit de marche sur les quais.

COSTA.

Il me semble que j'entends marcher sur ces quais déserts.

VILLA.

Si c'étaient eux ?

L'AGENT, *fredonne dans la coulisse.*

Nina, Nina, ma charmante,
Nous serons heureux ce soir,
La, la, la, la, la, la, laire.

(Plus haut.)

Nous serons heureux ce soir.

COSTA.

Ce sont eux. C'est le signal convenu, descendons dans le bateau.

Ils descendent dans le bateau, caché derrière le quai.

SCÈNE II

COSTA et VILLA, dans le bateau. L'AGENT, portant des bagages. NULLO, PAOLA, ARNOLDO.

L'AGENT, allant vers la coupée du quai.

Par ici... par ici! C'est qu'à cette heure les bateliers sont rares. (Il pose les paquets à terre et regarde par-dessus le parapet. — Arnoldo s'assied sur un des paquets.) Ah! en voici justement un, endormi dans son bateau... Il ne s'attend certainement pas à étrenner de si bon matin. (Appelant.) Hein, réveille-toi, paresseux! voici de la besogne.

COSTA, paresseusement.

Qu'est-ce qu'il y a?

L'AGENT.

Arrive ici prendre des bagages.

Il fait passer les bagages par-dessus le parapet, sauf celui sur lequel est assis Arnoldo.

NULLO, à Paola, sur le devant de la scène, à droite.

Encore cette séparation... La dernière, ma bien-aimée!

PAOLA.

Reviens bien vite, n'est-ce pas?

NULLO.

Je ne vivrai pas, que je ne vous aie tous rejoints à
Gênes... Quelques jours seulement.

PAOLA.

Que ne pouvons-nous partir tous ensemble!

NULLO.

De son lit de douleur, ton frère vous appelle. Nous
n'avons pas le droit de le faire attendre encore ; et ton
père lui-même ne pourrait supporter plus longtemps
le séjour dans cette ville où il eut tant à souffrir.

L'AGENT, venant près d'eux.

Voilà les bagages embarqués... Quand vous voudrez,
mademoiselle, monsieur.

Nullo et Paola s'embrassent étroitement.

NULLO.

Allons !

Ils vont vers le fond, et relèvent Arnoldo, qu'ils conduisent
à la coupée par où il descend.

L'AGENT, prenant le paquet sur lequel Arnoldo était assis et le
passant par-dessus le parapet.

Attrape encore ça, toi, là-bas.

VILLA, dans l'embarcation.

Allons! dépêchons.

NULLO.

Oh ! cette séparation !

PAOLA, revenant avec Nullo sur le devant de la scène.

Nullo ! il en temps encore, laisse-moi t'attendre ici,
ou pars avec nous.

NULLO.

Partir? je ne le puis ; il nous faut, maintenant, rendre

des comptes aux Piémontais, de qui, cependant, nous n'avons jamais rien reçu. — Te laisser attendre ici, ma bien-aimée? mais nous y sommes plus que jamais entourés de pièges. (Sortant un billet de sa poche.) Ecoute cet avis qui me vient certainement d'une main amie. (Lisant.) « *Ne laissez pas une minute de plus votre fiancée à Naples, sinon, malgré tout, Corvo vous la ravira.* »

PAOLA.

Oh! cet infâme, je le rencontrerai donc toujours sur mes pas? — S'il allait me poursuivre encore à bord du navire, ou à Gênes, quand il saura que tu n'es plus là pour me protéger.

NULLO.

A bord du bateau, tu seras au milieu de nos amis; à Gênes? le misérable se gardera bien d'y aller. — Non, ma Paola adorée, nous n'avons plus rien à craindre.

PAOLA.

Tu me rassures ; et c'est moi maintenant qui ai hâte de partir.

NULLO.

Oui, va.

PAOLA, se dirigeant vers le quai. — Musique.

A bientôt!

NULLO.

A toujours!

10

SCÈNE III

BALILA, NULLO, PAOLA, sur le quai. COSTA et VILLA,
dans le canot.

BALILA, à Nullo.

Comment, de si bonne heure, ici?

NULLO.

Paola et son père partent au petit jour pour Gênes,
où j'irai bientôt les rejoindre. Mais, vous-même, comment y êtes-vous?

BALILA.

Moi aussi, j'ai à faire sur le quai; mais je suis heureux de vous y rencontrer. Vous allez me rendre un
service.

LA VOIX DE COSTA.

Eh bien! embarquerez-vous, oui ou non?

BALILA.

Allez, mademoiselle, allez.

Il lui donne une poignée de main, Nullo l'embrasse à nouveau,
elle descend dans le canot. — L'agent sort par la gauche.

PAOLA, dans le canot.

A bientôt!

NULLO.

A bientôt!

SCÈNE IV

BALILA, NULLO, près du quai.

BALILA.

Si vous aviez attendu un peu, le canot du *Washington*, qui va amener Kernos, aurait pu les mettre à bord en passant.

NULLO, regardant le canot s'éloigner, et répondant avec distraction.

Ah! le colonel Kernos est donc à bord du *Washington*?

BALILA.

Oui. Il devrait même être déjà de retour. Le général s'impatiente. — Vous restez là, encore un moment, n'est-ce pas? (Désignant le large.) Jusqu'à ce que vous ayez vu le navire disparaître à l'horizon. (Nullo fait signe de la tête que oui.) Eh bien! ayez l'obligeance de dire à Kernos, s'il arrivait avant que je ne sois revenu, d'apporter la réponse au général, à l'hôtel d'Angleterre, à Chiaja.

NULLO.

Vous êtes donc à l'hôtel d'Angleterre, comme de simples voyageurs?

BALILA.

Mais, sans doute. Qu'est-ce que nous sommes de plus, aujourd'hui, que de simples voyageurs?

Il reviennent sur le devant de la scène.

NULLO.

Savez-vous bien, Balila, qu'à ce jeu-là, Garibaldi finira par perdre toute son influence sur les hommes du parti d'action, qui ne sont pas venus ici pour qu'on piémontise l'Italie méridionale... S'il fallait recommencer, il verrait combien de nous manqueraient à l'appel.

BALILA.

Oui! après avoir seul délivré ce pays de la tyrannie des Bourbons, après cette sanglante bataille du 1er octobre, sur le Volturne, et cette grande victoire, abdiquer ainsi la dictature, abandonner au gouvernement de Turin les armes, les équipements, et tous ces navires achetés avec l'obole des patriotes de tous les pays, j'avoue que c'est imprudent ; d'autant mieux qu'il ne faut pas compter sur la bienveillance de la camarilla piémontaise pour ces casse-cou dont elle n'a d'autre souci que de se débarrasser.

NULLO.

Et ce peuple, croyez-vous qu'il se soumettra aisément au nouveau régime que lui préparent les formalistes piémontais? — Pendant la campagne un ordre admirable a régné partout; l'enthousiasme fut grand lorsqu'on vit, il y a deux jours, Victor-Emmanuel et Garibaldi, côte à côte, dans la même voiture, entrer dans l'ancien palais des Bourbons de Naples. — Mais depuis hier, depuis qu'on a su que le dictateur avait abdiqué, vous avez pu entendre déjà les sourdes rumeurs des faubourgs, à peine comprimées par les carabiniers turinois, en qui, sauf l'uniforme, le peuple croit retrouver l'ancienne police de Bomba; les camorristes relèvent la tête. (Bruit confus au loin.) Ces rumeurs, cette agitation sont de tristes présages.

Cris au large. — La voix de Paola.

SCÈNE V

LES MÊMES, puis PAOLA, KERNOS, COSTA, VILLA,
DES MATELOTS, HOMMES et FEMMES DU PEUPLE.

LA VOIX DE PAOLA, dans le canot, au large.

Au secours! — Ah! le misérable! — A moi, Nullo, —
à moi!

NULLO.

Ce cri! c'est la voix de Paola. (Il court le long du quai.)
Point de canot! (Il déboucle son sabre qui tombe à terre.) Ah!
malédiction!

Il se précipite à l'eau.

LA VOIX DE PAOLA.

Au secours! au secours!

LA VOIX DE KERNOS, au large.

Souque un coup, garçons!

PAOLA.

Ah! aaah! au secours!

KERNOS.

On assassine par ici! — Souque, souque ferme!

BALILA, allant de droite à gauche, puis se faisant un porte-voix
de ses mains.

Mazzini! — A moi, les amis!

QUELQUES HOMMES DU PEUPLE, apparaissant
précipitamment.

Qu'est-ce qu'il y a? Nous voici.

10.

BALILA.

Vite, des embarcations. Courez.

Ils disparaissent ; deux ou trois seulement restent.

CRIS CONFUS.

Au large !

LA VOIX DE KERNOS.

Comment ! encore ces misérables ! Attachez-les soli-
dement.

LA VOIX DE PAOLA.

Ah ! monsieur ! vous m'avez sauvée.

LA VOIX DE NULLO, *étouffée.*

Par ici, par ici, colonel, à moi !

KERNOS.

Quelqu'un qui se noie ? Cherchez, vous autres.

*Arrivent de nombreux pêcheurs et hommes du peuple. Ker-
nos remontant l'escalier à reculons et donnant la main à
Paola suivie de son père vient sur la scène.*

PAOLA, à Kernos.

Ah ! monsieur ! vous m'avez sauvé plus que la vie !

Elle s'assied sur les ballots qui sont au pied de la grue.

KERNOS.

Bien, bien, mon enfant ! — Ce n'est pas moi... (Montrant
Nullo qui arrive tout mouillé à la coupée.) C'est lui qui vous a
délivrée du misérable Corvo. (Les matelots du *Washington*,
en uniforme de marins de l'État, poussent devant eux Costa et Villa
qui vont se ranger près du fanal ; ils ont les mains liées.) Quant
à ses dignes acolytes... (S'adressant au peuple.) Vous savez ce que sont ces individus, n'est-ce pas ?

LA FOULE.

Oui ! oui ! A mort les sbires !

KERNOS, à part.

Les livrer aux tribunaux ? Il y a là encore tant d'en-

nemis des garibaldiens qu'on leur ferait peut-être grâce.
Qui sait s'ils ne seraient pas récompensés? — Les anciens
despotes de Naples ont composé plus d'une fois avec
des brigands dont ils n'avaient pu s'emparer, et leur
ont même ouvert quelquefois les rangs de l'armée. (Un
moment d'hésitation, puis s'adressant à la foule.) Décidez vous-
mêmes de leur sort.

> La foule s'agite et bouscule Costa et Villa ; ils résistent.

UN HOMME DU PEUPLE.

A mort! à mort!

COSTA.

Grâce!

KERNOS, lui désignant Paola.

Osez donc lui demander grâce à elle!

VILLA, tendant les mains vers Paola qui se détourne sans
mot dire.

Grâce, pitié!

LA FOULE.

Justice!

KERNOS.

Pas de bruit. — La loi du lynch. (Nouvelle bousculade de
la foule et de Costa et Villa qu'on entraîne pendant qu'ils se débat-
tent. — A part.) Les Américains ont du bon.

> Musique.

PAOLA.

Hélas! colonel, ils étaient bien coupables ces hommes,
mais...

KERNOS.

Vous appelez ça des hommes? Dites plutôt des mons-
tres qu'aucun pays, aucun parti n'oserait reconnaître. (Il appelle Nullo de la main.) Allez prévenir le général

que le *Washington* est sous vapeur et sera prêt à partir dans un quart d'heure.

> Sortie de Nullo et de Paola, se croisant avec madame Quéroli qui leur parle un instant, puis qui s'avance vivement vers Kernos.

SCÈNE VI

LES MÊMES, moins NULLO, COSTA, VILLA. — MADAME QUÉROLI.

MADAME QUÉROLI, à Kernos.

On me dit que le *Washington* va partir; pour où?

KERNOS.

Pour Caprera.

MADAME QUÉROLI.

Avec le général?

KERNOS.

Avec le général.

MADAME QUÉROLI.

Comment! il abandonne ses soldats! Que vont-ils devenir?

KERNOS.

Ce qu'ils vont devenir, madame? Ce qu'ils étaient avant la campagne; ce qu'il est lui-même aujourd'hui: un simple particulier, l'ermite de Caprera. — Nous ne devons pas nous en étonner; il ne nous a jamais promis autre chose. — Une fois le dernier coup de fusil tiré, chacun, à son exemple, doit reprendre les outils du travail.

MADAME QUÉROLI.

Cette abnégation serait la plus belle des choses, si
elle n'entraînait pas tant de dangers pour ceux qu'il
laisse après lui. Mais lui parti, qu'arrivera-t-il?

Bruit de voix au loin : A mort les sbires!

KERNOS, à madame Quéroli.

Il y a longtemps qu'on n'avait entendu ces cris de
vengeance. Il paraît que ça va recommencer, maintenant.

NULLO, revenant, à Kernos.

Voici le général. (Au peuple.) Silence!

SCÈNE VII

LES MÊMES, GARIBALDI, BALILA, FRUSCIANTI,
un mouchoir à la main contenant deux ou trois chemises rouges.
— UN HOMME, portant la selle mexicaine.

GARIBALDI, à Kernos. — Musique.

Le canot?

KERNOS, montrant du doigt la coupée à laquelle on voit la tête
du patron de l'embarcation. Les avirons sont levés, on en voit
la palette au-dessus du parapet.

Le canot est là.

LE PATRON DU CANOT.

Où sont les bagages?

FRUSCIANTI, lui passe son mouchoir.

Les bagages, les voilà.

LE PATRON.

Il n'y a que ça?

FRUSCIANTI, passant la selle avec précaution.

Pas davantage.

GARIBALDI, à Kernos.

Vous veillerez, n'est-ce pas, sur le sort de nos amis?

KERNOS.

Je veillerai, oui. Mais que pourrai-je faire d'efficace?

GARIBALDI.

Oh! ils n'oseraient pas manquer aux promesses qui m'ont été faites.

KERNOS.

Si vous étiez là, peut-être oui; mais vous partez ainsi, avant le jour, comme un malfaiteur qui craindrait d'être vu. — Ceux qui tremblaient devant vous, auront beau jeu pour vous injurier quand vous serez loin.

GARIBALDI.

Ils n'oseraient pas, vous dis-je. Les fils de cette terre de volcans, prompts à s'enflammer comme eux, sauraient bien les obliger à obéir au pacte que nous avons signé.

KERNOS.

C'est donc bien décidé, vous partez?

GARIBALDI.

Bien décidé; je pars. (Apercevant madame Quéroli et allant vers elle.) Vous ici, madame? Et Giovanni?

MADAME QUÉROLI, avec amertume.

Mon fils, général, il est à son poste. Au poste qu'il plaira aux Piémontais de lui assigner, puisque vous partez et que tout est à eux aujourd'hui.

Ils vont du côté du parapet et regardent la mer. Le jour se lève, le soleil paraît.

KERNOS, s'approchant de Balila.

Où en êtes-vous de votre caisse? (Balila ouvre sa sacoche.) Comment! c'est tout?

BALILA.

Oui, tout.

KERNOS.

A peine cinquante francs? mais ce n'est pas possible!

MADAME QUÉROLI, qui a entendu.

Cinquante francs!

BALILA.

Ce n'est que trop vrai.

Madame Quéroli s'approche de Kernos et lui parle bas, puis plus haut.

MADAME QUÉROLI.

Acceptez, je vous en prie.

KERNOS, après un moment d'hésitation.

Eh bien! oui. Merci, j'accepte, attendez. (Il va vers Garibaldi.) Général?

GARIBALDI.

Quoi donc, mon ami?

KERNOS.

Vous partez ainsi, sans argent?

GARIBALDI.

Je n'en sais rien, ça ne me regarde pas, demandez à Balila.

KERNOS.

C'est parce que j'ai déjà demandé à Balila que je me permets de vous faire observer qu'une fois arrivé à Caprera, et en prenant congé de l'équipage du *Was-*

hington, votre navire, (Ironiquement.) qui viendra ensuite se consigner, comme tous les autres, à l'amiral piémontais, vous voudrez, suivant la coutume, laisser aux·matelots un souvenir, un régal, comme on dit en Italie. — Comment ferez-vous si vous n'avez pas d'argent?

GARIBALDI.

Vous avez raison, mais que faire?

KERNOS, tirant une feuille de son carnet de campagne et prenant une plume des mains de Balila.

Tenez, mettez-moi là : Bon pour deux mille francs,

GARIBALDI.

Vous en avez donc, vous, de l'argent?

KERNOS, offensé.

De l'argent, moi! mais vous supposez donc que je vous demanderais...

GARIBALDI.

Non! non! ne vous fâchez pas. Vous savez bien que je n'entends rien à ces sortes de choses.

KERNOS.

Attendez-moi là un instant. Je reviens.

Il prend madame Quéroli en passant et ils s'éloignent.

SCÈNE VIII

LES MÊMES. — Arrivent successivement DES FEMMES DU
PEUPLE, DES OFFICIERS et SOLDATS GARIBAL-
DIENS, DES HOMMES DU PEUPLE et DES PÊCHEURS,
puis BIXIO.

BIXIO, à Fruscianti, assis sur les ballots.

Mais où allez-vous donc, vous partez?

FRUSCIANTI.

Oui.

BIXIO.

Pour où?

FRUSCIANTI.

Je ne sais.

BIXIO.

Mais, vous partez pour ne pas revenir?

FRUSCIANTI, montrant le bateau.

Oui, déménagement complet.

BIXIO.

Eh bien! et nous! Est-ce qu'il s'imagine que nous allons rester ici à mener la vie de caserne?

FRUSCIANTI.

Oh! soyez tranquille, on n'a plus besoin de vous,
on ne va pas vous nourrir à rien faire.

Bixio va près de Nullo, et cause avec lui.

11

FEMME DU PEUPLE, près du quai.

Eh non! je te dis qu'il s'en va en promenade à Capri.

Roulement de tonnerre, le ciel s'assombrit.

DEUXIÈME FEMME.

En promenade à Capri, avec le temps qui se prépare? Ce n'est pas possible.

PREMIÈRE FEMME.

Et puis tiens, regarde, tu vois bien qu'il n'emporte pas de bagages.

DEUXIÈME FEMME.

Oui, mais cette selle? On ne monte pas à cheval à Capri. — Je te dis qu'il part, moi. (Elle s'adresse à Fruscianti) N'est-ce pas, bon père?

Il tourne la tête sans mot dire. Colloques à voix basse entre hommes et femmes du peuple.

NULLO, s'approchant de Garibaldi.

Général, c'est donc bien vrai? vous nous quittez?

GARIBALDI.

Oui, mes amis, je pars. L'armée méridionale a vécu. L'heure des combats est passée. Désormais, c'est à coup d'écritoire que ces messieurs du parlement vont continuer la campagne, tranquillement, du fond de leur cabinet. — C'est encore une halte; que voulez-vous? il faut se résigner. — Ils se flattent de nous donner Venise et Rome sans verser de nouveau le sang italien. Tant mieux, s'ils réussissent, car la guerre est une horrible chose... Mais s'ils ne se hâtent pas de profiter de ce que vous avez fait, je reviendrai, et avec l'aide de ce brave peuple, nous saurons bien les contraindre. — Je ne vous dis pas adieu, mais au revoir.

PREMIÈRE FEMME DU PEUPLE.

Il part. Ah! mon Dieu, c'est fait de nous!

SCÈNE IX

LES MÊMES, KERNOS, revenant avec MADAME QUÉ-
ROLI. Ils sont accompagnés d'un homme portant un sac
d'écus. KERNOS, tient à la main une épée dans un écrin et
une lettre.

KERNOS, à Balila.

La somme est en écus, ça vous embarrassera. (Balila
fait signe que non. — Au général.) C'est fait.

GARIBALDI.

Alors nous pouvons partir?

KERNOS.

Un moment encore, général. (Lui remettant l'épée, qu'il
passe à Balila.) Voici ce que vous envoie un de mes com-
patriotes.

Il lui remet la lettre.

GARIBALDI, passant le main sur ses yeux.

Qu'est-ce? Lisez, s'il vous plaît.

KERNOS, lisant.

« *Général. J'ai quitté la France en emportant l'épée de La
Tour d'Auvergne, héritage sacré de ma famille, avec l'espoir de la ceindre sur la brèche de Gaète, au nom de mon
autre famille, la démocratie française. — Mais puisque
vous vous retirez sous votre tente, à Caprera, en promettant
de reparaître bientôt à la tête de vos légions libératrices, je
désire que cet héritage héroïque vous accompagne. — Que*

l'éclair que produira cette épée, lorsque vous la tirerez du fourreau, soit le signal de la délivrance universelle. Salut et fraternité. Signé : COMTE DE KERSAUSIE. »

GARIBALDI, reprend l'épée à Balila et la tenant par le milieu de la lame. — Musique.

Que disiez-vous donc, que nous étions pauvres, colonel? Quel trésor, pourrait payer ce qu'on m'envoie. (Il élève l'épée en l'air.) L'épée du premier grenadier de France! (Il baise l'épée et la remet de nouveau à Balila. — Allant à madame Quéroli.) Vous reviendrez me voir à Caprera, n'est-ce pas, madame?

MADAME QUÉROLI.

Oui; général, quand vous vous apprêterez à partir pour de nouveaux combats; quand vous ceindrez cette épée.

Garibaldi descend dans le canot, Fruscianti le suit.

BALILA, s'approchant de Kernos.

A qui faudra-t-il rembourser?

KERNOS, un doigt sur les lèvres et regardant madame Quéroli.

Chut! — La personne qui a cet autographe ne le céderait pas pour un million. — Jugez donc, la preuve, qu'après six mois de dictature dans le pays, le plus fertile du monde, un homme, en partant, est obligé d'emprunter deux mille francs. Ça n'est pas commun ça !

VOIX DE GARIBALDI, dans le canot.

Allons, Balila, allons, on n'attend plus que vous. (L'orage éclate, la foule s'agite et s'écrie.) Adieu, adieu !

LA VOIX DE GARIBALDI.

Non ! pas adieu. — Au revoir !

Redoublement de l'orage, nuit sombre, pendant que se fait le changement de la toile de fond.

MADAME QUÉROLI, à Kernos.

Il nous dit au revoir, mais qui sait si jamais nous le reverrons.

KERNOS.

N'en doutez pas, madame. Jusqu'à ce qu'il ne reste plus un seul pouce du territoire italien aux mains de l'étranger, jusqu'à ce qu'il ait fait disparaître tous les malentendus entre des frères ennemis, il reviendra sur la brèche, dût-il s'y faire porter.

VOIX DE GARIBALDI, au loin.

Au revoir !

Le jour se fait et la toile de fond représente l'entrée de Garibaldi à Milan, et l'inauguration du monument de Mentana.

LA FOULE.

Vive l'Italie ! vive la France !

VARIANTE FINALE

pour les théâtres de province qui n'auraient pas de toile de fond représentant l'entrée de Garibaldi à Milan, le 1er novembre 1880.

Après ces mots de Garibaldi : (*Non, pas adieu, — au revoir.*)

MADAME QUÉROLI, debout sur le parapet du quai, — en muse de l'histoire.

Point de halte ! En avant ! Cette étoile qui brille
Sur Dijon, Aspromonte, et Trente, et Mentana
Te montre le chemin. Que la grande famille
Des opprimés, qu'au deuil l'empire condamna,
N'attende pas en vain ; l'œuvre n'est pas finie.
Point de halte ! En avant ! Dans ta mâle fierté,
Délivre les martyrs, brise la tyrannie,
Marche encore, et toujours, vers l'aurore bénie,
Juif-errant de la liberté !

FIN

Imprimerie générale de Châtillon-sur-Seine. — J. Robert.